Dom Joseph Roux

# Fleurettes

# du Bocage Vendéen

## SECONDE GERBE

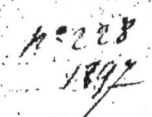

Imprimerie Saint-Martin

à Ligugé (Vienne)

# *Fleurettes*

# *du Bocage Vendéen*

1 volume grand in-8°

Par le R. P. Dom Joseph ROUX

*Chanoine régulier de Latran*

La première édition de cet ouvrage s'est rapidement écoulée dans l'espace de quelques mois. Bien des demandes n'ont pu recevoir satisfaction.

Le second volume des **FLEURETTES DU BOCAGE VENDÉEN** vient de paraître. Selon l'appréciation de quelques juges qui l'ont parcouru, ce volume est loin de jeter du déshonneur sur son aîné.

1 vol. — Chez l'auteur, à Notre-Dame de Beauchêne, par Cerizay (Deux-Sèvres). — Prix : 2 fr. 50 *franco*.

---

Les témoignages les plus élogieux sont venus à l'auteur des sources les plus autorisées. Nous en citons ici quelques-uns.

Évêché de Poitiers, 25 février 1896.

Mon Révérend Père,

Je viens de parcourir le charmant parterre des *Fleurettes du Bocage Vendéen*, et je ne puis résister au besoin de féliciter immédiatement le très habile jardinier qui a su faire éclore ces gracieuses et odorifé-rantes plantes. Le parfum qu'elles exhalent n'est pas de la terre. Il fait penser au ciel, et je ne doute pas que bien des âmes, après s'être délectées dans cette suave atmosphère, ne se sentent portées à aimer Dieu davantage.

† HENRI,
*Évêque de Poitiers.*

Evêché de Luçon, 18 février 1896.

Mon cher Père,

Vos *Fleurettes du Bocage Vendéen* m'arrivent à l'instant et m'apportent le parfum des plus gracieuses légendes.

A votre imagination, à votre cœur et à votre piété je dirai avec l'auteur de l'Ecclésiastique : *Obaudite me divini fructus..... florete flores quasi lilium et date odorem, et frondete in gratiam.*

† CLOVIS,
*Évêque de Luçon.*

Notre-Dame de Besançon, 20 février 1896.

Mon cher Père,

L'abbé Vuillemin m'a fait tenir, de votre part, le charmant volume que vous me destiniez. Je ne puis assez vous en remercier. J'ai lu, et presque d'un trait, toutes ces virginales poésies, ces cris de foi, ces élans d'amour vers la très sainte Vierge, et j'en ai communiqué les beaux accents à mes vicaires, eux aussi sous le charme. Vous venez de faire une belle œuvre ; elle vous sera un bon passeport pour entrer au ciel. Voilà des vers que l'on pourrait apprendre dans nos écoles religieuses. Quelques morceaux pourraient être, avec avantage, mis en musique ; il faudrait, pour cela, un artiste.

Mgʳ JEANNIN,
*Camérier de S. S. Léon XIII.*

Grand-Séminaire de Poitiers, 3 février 1896.

Mon bien cher Père,

Je m'étais bien promis de venir personnellement vous remercier pour votre gracieux envoi. Mais il y a eu tant de *Fleurettes au Bocage Vendéen*, et si peu de temps au Séminaire pour faire l'école buissonnière, que j'ai dû attendre bien au delà de mes désirs pour vous dire le plaisir que m'a causé la lecture de vos poésies. Vous avez fait là non seulement œuvre de poète, mais œuvre d'apôtre. Je suis même sûr que c'est l'apôtre qui a inspiré le poète. C'est pourquoi je vous félicite doublement. Ces jonchées ne périront pas ; vos fleurs sont des immortelles, puisque l'essence qui les remplit vient du ciel.

HENRI BOUGOUIN,
*Supérieur du Grand-Séminaire.*

Petit-Séminaire de Montmorillon, 27 janvier 1896.

Mon très Révérend Père,

Que vos *Fleurettes* sentent bon et que je vous remercie du gracieux hommage que vous m'en avez fait ! Elles m'aideront à attendre les premières violettes. Je compte bien les faire odorer à nos jeunes séminaristes. Si elles pouvaient leur inspirer, en même temps que des sentiments pieux, l'amour de la poésie, ce don charmant que vous avez cultivé et mûri dans vos travaux quotidiens, et que nos jeunes générations, hélas ! paraissent à peine soupçonner, vous auriez rendu à notre jeunesse son printemps.

F. PASCAUD,
*Supérieur.*

Pensionnat Saint-Gabriel, à Saint-Laurent-sur-Sèvre (Vendée), 20 janvier 1896.

Mon très Révérend Père,

Comment vais-je bien pouvoir m'excuser de ne vous avoir point encore au moins dit merci pour le gracieux envoi que vous avez bien voulu me faire parvenir ?... Voilà : j'ai agi en égoïste ! Je savourais de temps en temps quelqu'une de vos suaves et délicates fleurettes ; j'en aimais l'auteur à cause du plaisir qu'il me procurait, et je remettais à plus tard de le remercier pour ses poétiques étrennes... Et maintenant, qu'il me soit permis d'exprimer un vœu à l'égard de votre gerbe fleurie, celui de la voir quelque jour éditée avec de belles gravures, qui en feraient un livre très agréable pour nos distributions de prix.

Fr. HERMOGÈNE,
*Directeur du Pensionnat.*

Besançon, 6 novembre 1896.

Mon Révérend Père,

Laissez-moi vous remercier et vous féliciter en même temps... Je savais déjà que vous étiez poète; je ne m'attendais pas cependant à des productions aussi gracieuses. Vous aimez les anges, vous nous promenez dans le monde surnaturel. C'est un bonheur de vous lire.

**M. VUILLEMIN,**
*Aumônier de l'Ecole Saint-Joseph.*

---

Maulévrier, 31 décembre 1895.

Mon Révérend Père,

Merci mille fois de ce magnifique recueil ! Je viens d'en lire des fragments qui m'annoncent quelque chose de superbe et de gracieux. Il y a de quoi faire quelque chose de très gentil pour les enfants. Je vais y travailler de mon mieux.

**J. THOMAS**[1].

---

Carmel du Dorat, 21 octobre 1895.

Eh quoi ! c'est vous, Monsieur le poète, qui êtes capable de faire vibrer votre lyre d'une façon si gracieuse, si touchante, parfois si sublime ; c'est vous qui nous arrachez des larmes des yeux : larmes de joie, d'attendrissement, de bonheur..., et vous ne m'en aviez rien dit ! Vous savez si bien chanter le ciel d'azur, et son Jésus tout rayonnant, et sa Vierge aux étoiles, et ses saints au front radieux !
....Vous connaissez si bien le chemin du paradis, et vous ne m'aviez soufflé mot de tout cela !... Envoyez vite quelques exemplaires pour nos amis du Dorat.

**S[r] THÉRÈSE DE JÉSUS,**
*Prieure.*

---

Congrégation de Notre-Dame, Reims, 15 janvier 1896.

....Mère Assistante lit en ce moment, avec un vrai plaisir, les douces et charmantes *Fleurettes* du P. Dom Joseph Roux, et, quand nos sœurs sont bien sages, elle leur fait lecture d'une légende pour les récompenser, ce dont elles sont enchantées.

**S[r] JOSÉPHINE,**
*Supérieure.*

---

1. Auteur de nombreuses œuvres musicales.

Anvers, 13 janvier 1896.

Mon cher et Révérend Père,

Dernièrement, on est venu au couvent, chargé d'un touchant sou-venir pour moi. C'était un beau volume ayant pour titre *Fleurettes*. J'ai d'abord dévoré, puis digéré ces charmantes pages, et tout en vous remerciant du livre, je vous félicite de l'ouvrage, et souhaite qu'il se répande surtout parmi la jeunesse des collèges.

P. DE RUYK,
*Rédemptoriste.*

---

Sacré-Cœur, Poitiers, 21 janvier 1896.

Mon Révérend Père,

Notre Révérende Mère a été bien touchée de l'aimable envoi que vous lui avez fait de votre ouvrage composé de fleurs toutes pures, et dont le parfum est si propre à élever le cœur et l'âme de notre chère jeunesse. Veuillez envoyer une douzaine de vos petites *Fleurettes*.

MARIE AD. DE L'HERMITE,
*Religieuse du Sacré-Cœur.*

---

Fontenay, 11 février 1896.

Mon très Révérend Père,

Je voudrais voir vos *Fleurettes du Bocage Vendéen* dans toutes les familles de nos élèves. Un de mes plus doux repos est d'en aspirer le délicieux parfum. Envoyez vingt exemplaires. Plus tard, nous en pren-drons davantage.

Sʳ MARIE-LOUISE,
*Supérieure de l'Union chrétienne.*

---

Carmel de Luçon, 20 janvier 1896.

Mon très Révérend Père,

Veuillez agréer toute notre reconnaissance pour le précieux volume que vous nous avez adressé. Ces délicieuses petites poésies sont lues à la récréation pour que chaque sœur puisse en jouir. Notre Mère sainte Thérèse aurait aimé votre talent de poète...

Sʳ MARIE-LOUISE DE JÉSUS,
*Carmélite.*

Pensionnat des Frères des Ecoles chrétiennes,
Poitiers, 14 janvier 1896.

Mon Révérend Père,

J'ai parcouru avec un vrai plaisir vos délicieuses pages des *Fleurettes du Bocage Vendéen*. Merci bien cordialement de votre envoi gracieux. Je vous promets de faire connaître cet ouvrage.

Fr. CAROLIUS,
*Directeur.*

---

Communauté de La Salle-de-Vihiers, 14 janvier 1896.

Mon Révérend Père,

Merci des *Fleurettes du Bocage Vendéen*; nous les lisons avec plaisir
et intérêt. Nous le ferons connaître dans nos pensionnats.

Sʳ MARIE SAINT-ELIE,
*Supérieure.*

---

Poitiers, Assomption, 14 janvier 1896.

Mon Révérend Père,

Je suis ravie de vos *Fleurettes*, et viens tout de suite vous en
demander des exemplaires pour envoyer à notre maison-mère d'Au-
teuil, où on les appréciera certainement.

Sʳ THÉRÈSE-MARIE,
*Supérieure.*

---

Poitiers, 12 janvier 1896.

Mon très Révérend Père,

J'ai reçu votre magnifique ouvrage, et je m'empresse de venir vous
en remercier. Rien de plus beau, de plus suave, de plus pieux que ces
pages de poésie... Il viendra à l'idée de plus d'un lecteur de se demander
si, pour parler si bien des grâces divines de l'Enfant Jésus, vous ne
l'avez pas vu. Merci encore de nous avoir fait festiner si délicieuse-
ment, en ce saint temps de l'Epiphanie...

Sʳ MARIE DE LA CHARITÉ,
*Prieure des Hospitalières.*

Congrégation de Notre-Dame, Verdun, 5 décembre 1895.

Mon Révérend Père,

.... Une maîtresse peut choisir, sans examen, dans ces légendes si gracieuses et si pieuses, des bouquets de fleurs pour ses élèves...

S<sup>r</sup> MARIE-EULALIE,
*Supérieure.*

———

Congrégation de Notre-Dame, Strasbourg, 8 décembre 1895.

Nous lisons vos admirables *Fleurettes* avec un intérêt toujours croissant, que nous voudrions aussi faire partager à nos élèves.

S<sup>r</sup> MARIE-GABRIELLE.

———

Congrégation de Notre-Dame, Moulins, 12 décembre 1895.

Mon Révérend Père,

Si j'ai tardé à vous remercier du gracieux hommage que vous m'avez fait de vos jolies *Fleurettes du Bocage Vendéen*, c'est que je tenais à respirer leur parfum avant de vous adresser l'expression de ma reconnaissance. Nous avons parcouru avec un réel plaisir les pieuses légendes auxquelles votre talent poétique a su donner tant de charmes. Envoyez une douzaine d'exemplaires pour nos grandes élèves.

S<sup>r</sup> MARIE-BERNARD,
*Supérieure.*

———

Angers, 22 janvier 1896.

Mon Révérend Père,

.... Vos *Fleurettes* répandent un parfum qui embaume l'âme et lui fait éprouver le besoin de marcher plus près à la suite de Notre-Seigneur dont vous nous montrez, d'une manière si touchante, la tendresse et la beauté. Du reste, c'est non seulement l'amour, mais encore la foi qui trouve un aliment dans la lecture de votre charmant ouvrage, car la doctrine la plus pure et les enseignements les plus profonds y sont présentés sous la forme d'une poésie élevée et gracieuse. Je désire le voir donner comme récompense aux élèves de nos classes et de nos pensionnats, car j'attends de la lecture de cet ouvrage le meilleur succès pour leur faire connaître et aimer davantage Notre-Seigneur.

S<sup>r</sup> SAINT-HIPPOLYTE,
*Supérieure générale des Religieuses de Saint-Charles.*

Saint-Laurent-sur-Sèvre, 3 janvier 1896.

Mon Révérend Père,

J'ai reçu avec plaisir vos *Fleurettes vendéennes*. Elles sont de nature à porter les meilleurs fruits. Je suis persuadée qu'elles seront fécondes partout où vous les sèmerez, et particulièrement chez nous.

Sr FRANÇOIS-DE-JÉSUS,
*Supérieure des Filles de la Sagesse.*

---

Ypres (Belgique), 31 janvier 1896.

Très Révérend et bon Père,

Permettez-moi de vous adresser mes meilleures félicitations pour la publication de votre beau volume de poésies. Les maîtresses en ont été enchantées, car ce sera une mine précieuse pour les élèves.

Dame FÉLICITÉ,
*Supérieure des Chanoinesses régulières de l'abbaye de Rousbrugge.*

---

Château de Tournelay, 21 décembre 1896.

Mon Révérend Père,

Quel ravissant bouquet forment vos *Fleurettes*! Le succès de votre livre vous encouragera, je pense, à ne pas laisser votre plume oisive. Ce serait grand dommage, elle écrit si bien.

Mme DE LA MAUFREYÈRE.

---

Château des Roches-Blanches, 24 janvier 1896.

Mon très Révérend Père,

Laissez-moi vous dire tout le plaisir que nous ont fait, à madame de Wissocq et à moi, vos très jolis vers. Je vous remercie du bonheur que vous nous avez procuré en nous permettant d'effeuiller ce que vous appelez avec modestie *Les Fleurettes du Bocage Vendéen.*

Vicomte de WISSOCQ.

---

Dans les *Etudes religieuses, philosophiques et littéraires*, numéro du 29 février 1896, il est rendu compte en ces termes des *Fleurettes*, par la plume si autorisée du R. P. Delaporte, S. J. :

« ..... Chez Dom Joseph Roux, les *Fleurettes de Vendée* sont de paisibles fleurs du cloître. Si le poète a lié sa gerbe au pays des héros, il ne l'a point cueillie dans les souvenirs glorieux d'il y a cent ans. Lisez les titres. Rien que de pieuses fantaisies éclairées d'un soleil d'Orient attiédi : *la Vierge aux Dattes, la Vierge aux Cerises, la Vierge au Nid...* Trente légendes, empruntées ou ajoutées aux évangiles apocryphes, par une imagination très orthodoxe..., puis une trentaine d'autres inspirées par la *Vie des saints* : saint Pierre, saint Paul, saint Jean et combien d'autres! voilà ces fleurettes.

Un souffle de piété douce les parfume, comme sont parfumées, dit l'auteur, celles qui sourient au pied de la statuette ou sur la table en bois blanc d'une cellule de moine. Ce sont presque toujours des récits qui se déroulent, un peu comme ces banderoles naïves que les vieux artistes attachaient aux lèvres des saints dans les verrières, d'où elles flottaient au hasard et sans effort. Le talent du poète est facilité, abandon et abondance. Ces petits poèmes, composés en Vendée, ont reçu l'imprimatur à Gubbio et ont été imprimés à Ligugé, autant de noms chers à la piété, voire aux saintes légendes.

V. Delaporte, S. J.

Dans la *Gazette de France,* 9 juillet 1896, nous lisons l'article suivant, publié en feuilleton par un critique très autorisé et très sympathique, M. Edmond Biré :

Les légendes que renferme le volume de Dom Joseph Roux ont trait, pour la plupart, à la vie de l'Enfant Jésus et à la Vierge Marie. Aucune source n'est plus vivante et plus fraîche, et déjà bien des poètes y ont puisé avec succès... De même que Mgr de La Bouillerie, Dom Joseph Roux fait sortir un enseignement de chacune de ses légendes. Elles se lisent donc avec fruit, et aussi avec agrément, car l'auteur est vraiment poète. Il a la grâce, la délicatesse, et, ce qui est plus rare, le souffle et la force ; seulement cette qualité ne va pas chez lui sans un grave défaut. Son extrême facilité l'entraîne. Il prend fréquemment tout son champ. Mais cet excès de verve et de facilité est de ceux dont il est aisé de se corriger. Et, après tout, nous aimons mieux cette exubérance que la sobriété forcée de nos sonnettistes, qui se donnent mal de mort pour arriver au bout de leur quatorzième vers.

Edmond Biré.

Les *Annales de Notre-Dame du Sacré-Cœur,* mai 1896, annoncent ainsi les *Fleurettes* :

Si vous aimez la poésie, la poésie des champs bibliques, simple, sans art ni prétention, sans fracas de rimes, la fleur de la vie des saints, voire la fleurette, mais la fleurette qui sent bon et dont le parfum monte tout droit comme celui de l'encens vers la Vierge, l'Enfant Jésus, l'Eucharistie, lisez les *Fleurettes du Bocage Vendéen*, par Dom Joseph Roux, chanoine régulier de Latran.

———————

La *Semaine religieuse* de Poitiers, l'*Ami des Livres*, le *Mois bibliographique*, le *Bulletin bibliographique*, les *Annales Franciscaines*, les *Annales de saint François de Sales*, le *Messager du Cœur de Jésus*, l'*Education catholique*, la *Revue bibliographique belge*, etc., etc., ont aussi parlé de cet ouvrage dans les meilleurs termes.

# Souvenirs

## du

# Bocage Vendéen

### Par Dom JOSEPH ROUX

CHANOINE RÉGULIER DE LATRAN

L'auteur chante le sol natal, montre aux yeux du lecteur les nobles figures des chefs de la *Grand-Guerre*, célèbre les dévouements obscurs des paysans-soldats, et raconte ce qui a fait palpiter le cœur de la vraie Vendée pendant un siècle, de 1793 à 1883.

M. le marquis de La Rochejaquelein, ayant accepté la dédicace de cet ouvrage, voulut honorer l'auteur d'une lettre qui respire la fierté du gentilhomme et les sentiments de son illustre famille.

Cet ouvrage, luxueusement imprimé en caractères elzéviriens, est illustré d'un grand nombre de dessins de nos premiers artistes français et de six magnifiques eaux-fortes de notre célèbre graveur vendéen O. de Rochebrune.

1 beau vol. in-8°. — Prix : 10 fr. — Chez l'auteur, à Notre-Dame de Beauchêne, par Cerizay (Deux-Sèvres).

LIGUGÉ (VIENNE). — IMP. SAINT-MARTIN.

# Fleurettes

## du Bocage Vendéen

❧

### Seconde Gerbe

Dom Joseph Roux

*Chanoine Régulier de Latran*

# Fleurettes
# du Bocage Vendéen

*SECONDE GERBE*

*Ligugé (Vienne)*

Imprimerie Saint-Martin

Attento suffragio Præfecti studiorum in Ordine nostro, facultatem facimus D. Josepho Roux, C. R. L., ut opus cui titulus : *Seconde Gerbe de Fleurettes du Bocage Vendéen*, typis mandare possit.

Datum Romæ ex canonica S. Petri ad Vincula, die 19 Martii 1897.

† P. D. Aloisius Santini,
*Abbas Generalis.*

# DEUX MOTS

Au Sacré-Cœur de Jésus, à la Vierge Immaculée, je dis merci.

De leur douce affection, ils ont entouré ma première « Gerbe de Fleurettes », placée, avant son départ, sur le marbre blanc de leurs autels. Ainsi protégée, cette Gerbe a reçu partout excellent accueil.

De hautes approbations, de savantes critiques, de chaleureuses appréciations ont constaté les parfums salutaires de ces « Fleurettes ». Bien des âmes m'ont dit avoir respiré, avec délectation, les senteurs de cette corbeille fleurie.

Gloire à Dieu ! Rien n'est à moi.

Ma glane, dans les champs de Bethléem, de Nazareth et dans ceux de la vie des Saints, magnifiques prolongements des premiers, ma glane ayant été du public bien acceptée, je me suis encore prosterné dans la sombre étable de l'Enfant Jésus, dans l'humble logis de la Vierge et dans le pauvre atelier du charpentier. J'ai remarqué les divins sourires et l'aimable tendresse du Sauveur, la bonté maternelle de Marie et le dévouement de Joseph.

J'ai visité les Saints, dans leur cellule monacale, au milieu de leurs durs travaux et de leurs ferventes oraisons ; je fus témoin de la douce violence faite, par leurs chaudes prières, sur le cœur de Dieu, pour consoler et secourir ; j'ai vu les innombrables miracles obtenus par leur confiance sans hésitation.

De ces consolants entretiens avec l'Enfant Jésus et les Saints, ses amis, je rapporte une « seconde Gerbe de Fleurettes » que j'offre aux âmes réjouies par la première.

O divin Enfant Jésus, charmant petit Dieu de Bethléem, je vous présente, comme hommage affectueux, cet humble rien de mon cœur et de ma plume. Je le dépose, sur vos pieds mignons, dans votre dure couchette. Distribuez-le vous-même aux petits enfants, vos frères. Faites qu'en aspirant ces « Fleurettes », ils respirent aussi les suaves vertus de votre enfance : la pureté, l'amabilité, l'obéissance et l'amour de Dieu !

Donnez-leur d'être, comme vos aimables Saints, confiants dans votre Providence, de suivre ici-bas leur marche, parfumée de votre amour, et d'arriver enfin avec eux au ciel pour y redire à jamais votre ineffable tendresse !

N'oubliez pas non plus, petit roi de Bethléem, le pauvre religieux qui signe ici.

Des pieds du petit Enfant Jésus miraculeux de Prague, à Notre-Dame de Beauchêne, 24 septembre 1897.


Dom JOSEPH ROUX,

*Chan. régulier de Latran.*

# PREMIÈRE PARTIE

# LÉGENDES CHRÉTIENNES

# LÉGENDES CHRÉTIENNES

## *L'Enfant Jésus et les Anges*

Entendez-vous ces sublimes cantiques,
Ces chants d'amour qui tombent du ciel bleu ?
Quels doux accords et quels accents magiques !...
Écoutons tous... c'est l'orchestre de Dieu.

La voix est pure et ses notes perlées,
Et l'harmonie y balance ses flots,
Avec un bruit de vagues déferlées,
Qui chastement réveille les échos.

De sons divins l'atmosphère est remplie.
Le vent des nuits les roule doucement.
Ce large flot se plie et se replie
Et vers le sol s'abaisse lentement.

Il vient ! il vient ! passe sur les campagnes,
Dans les vallons, immense et solennel ;

Il se suspend aux flancs verts des montagnes...
Dieu ! que c'est beau ! c'est l'orphéon du ciel !

Des chérubins, aux ailes enflammées,
Tiennent la lyre ou la cithare d'or ;
Des séraphins, aux tresses parfumées,
Touchent la harpe et d'autres le kinnor.

Par millions les anges, les archanges,
Chantent l'amour, la beauté d'un enfant,
D'un nouveau-né souriant dans les langes...
Où donc est-il, cet heureux triomphant ?

Voyez... Le chœur s'approche d'une étable ;
L'enfant est là, dans un pauvre berceau.
Oh ! ce n'est point un être redoutable
Que cet enfant, petit comme un oiseau !

Pourtant c'est lui, dont la gloire est chantée,
Oui, c'est pour lui, ce cortège d'en haut.
C'est son amour dont l'ardeur est fêtée :
*Gloria sit in excelsis Deo !*

Gloire à Dieu seul dont la tendresse inonde
Cet univers de ses nombreux bienfaits !
C'est lui qui veut donner la paix au monde :
*Pax omnibus !* Son amour, c'est la paix.

. . . . . . . . . . . .
. . . . . . . . . . . .

Du chœur entier cessent les harmonies...
Dans cet enfant revoyant l'Éternel,
Reconnaissant ses bontés infinies,
Le chœur adore... et prend son vol au ciel...

Donnons aussi notre cœur et notre âme
A cet enfant qui nous paraît si peu ;
De notre amour qu'il reçoive la flamme,
Elle est à lui, car cet enfant, c'est Dieu !

# L'Enfant Jésus et la Crèche

Dans votre ciel, Jésus, votre trône est splendide,
A la droite du Père où vous êtes assis,
Après avoir vaincu, d'un seul coup, sans sursis,
La mort et les enfers, d'épouvante transis ;
Dans votre ciel, Jésus, votre trône est splendide.

Ange, Puissance et Trône, Archange et Séraphin
Exaltant votre nom, chantent votre victoire.
Sous les lambris des cieux, une éternelle histoire
Excite à célébrer votre sublime gloire
Ange, Puissance et Trône, Archange et Séraphin.

Là-haut, votre grandeur a rejeté ses voiles ;
Vous êtes sans secret, divin, puissant et beau,
Vous, le Dieu de la Croix, le vainqueur du tombeau ;
Les soleils, sous vos pieds, vous servent d'escabeau,
Là-haut votre grandeur a rejeté ses voiles.

Votre trône est semé de rubis éclatants ;
Topaze, diamant, émeraude y rayonnent,
Des éclairs de splendeur constamment le sillonnent,

Et des étoiles d'or, ô Jésus, vous couronnent ;
Votre trône est semé de rubis éclatants.


Mais ton trône ici-bas, qu'est-il, à ta naissance,
O bon petit Jésus ? J'en ai pitié vraiment.
Au ciel grand souverain ! Ici quel changement !
Cela trouble mon âme et mon entendement.
Car ton trône ici-bas, qu'est-il à ta naissance ?


Ton trône est une crèche, en bois le plus grossier,
Une planche sordide et déjà vermoulue,
Aux vils troupeaux des champs elle était dévolue,
Et, par amour pour moi, ta bonté l'a voulue ;
Ton trône est une crèche en bois le plus grossier.


Jésus, quelle est ta cour ? Un vieillard, une vierge,
Un vieux bœuf qui rumine, un pauvre âne pelé...
C'est tout... Et, dans la nuit, sur le mur écroulé,
Un lampion fumeux, en terre modelé ;
Jésus, quelle est ta cour ? Un vieillard, une vierge.


Plus d'ange, plus de ciel, plus de cithares d'or,
Plus d'hosannahs, d'encens, plus de pourpre royale...
C'est la nuit, la douleur, la bise glaciale,
La pauvreté sans nom qui n'eut jamais d'égale...
Plus d'anges, plus de ciel, plus de cithares d'or.


Sur ce trône, là-haut, règne votre puissance ;
C'est le siège éclatant de votre éternité,
Là-haut, par vos élus, oui, vous êtes fêté,
Ils disent et diront votre immortalité.
Sur ce trône là-haut règne votre puissance.

Moi, j'aime mieux le trône où siège ta bonté,
Ta crèche, si modeste, en rude bois de hêtre.
Là, Jésus, je te vois, non comme un puissant maître,
Mais comme un frère aimant, là je te vois paraître ;
Moi j'aime mieux le trône où siège ta bonté.

# L'Enfant Jésus et la Paille

Le petit Jésus, quand il voulut naître,
Près de Bethléem, n'eut point de berceau.
Mais s'il eût voulu, car il est le maître,
Son lit eût été comme un nid d'oiseau.
Il n'exigea point un doux lit de plume,
Ni blanc oreiller, ni rideaux soyeux,
Sous lesquels la nuit calme se consume,
Quand on rêve au ciel en fermant les yeux.

Notre bon Jésus descendit sur terre,
Afin de souffrir pour notre péché.
De sa pauvreté voilà le mystère...
Et d'agir ainsi qui l'eût empêché ?
Il a pour berceau la grossière crèche,
Et pour dur chevet, un morceau de bois ;
Pour couchette, il prend de la paille fraîche ;
C'est tout ce qu'il faut pour le Roi des rois.

Ce fut une joie, un grand honneur même,
Pour ces brins de paille, en ce doux moment,
De servir de trône au Maître suprême,
Lui qui veut siéger au bleu firmament.
Oui, je le proclame, ils eurent la gloire

De toucher la main et le pied mignon
Du Sauveur du monde, et j'ai peine à croire
Que l'orgueil n'y fût un tantinet. Non.

Quand Jésus posait, sur cette humble couche,
Son cœur plein d'amour qui nous aime tant,
Ses beaux cheveux blonds, sa gentille bouche,
Chaque brin de paille était bien content.
En voyant cela triste, je défaille,
Je suis envieux d'un si grand bonheur ;
J'eusse été content d'être un brin de paille,
Pour porter Jésus et son tendre cœur.

# L'Enfant Jésus et l'Ane de la Crèche

L'âne, au fond de l'étable,
Pour voir l'Enfant Jésus,
Sur son barreau d'érable,
Tirait de plus en plus.

Cet enfant dans les langes
Très fort le ravissait ;
En regardant les anges,
L'âne réfléchissait.

Il lui vint une idée,
Dont plus d'un sourira.
Mais, chose décidée,
Vite, il se prépara.

Près de la pauvre couche
Il vint bien doucement,
Puis il ouvrit la bouche,
Immense bàillement.

Et remuant l'oreille,
Sa queue à l'unisson,
Il crut faire merveille,
En donnant sa chanson.

« Dieu même en personne,
Hi ! han ! hi ! han ! han !
  Au monde se donne,
  Là, dans l'Orient,
    Hi ! han ! »

Quel souffle de tempête !
On est porté vraiment
A croire à la trompette
Du dernier jugement.

C'est le bruit, c'est la trombe
Du fougueux ouragan ;
C'est la foudre qui tombe,
Du ciel en zigzaguant.

A des notes pareilles,
Le plus doux des humains
Boucherait ses oreilles,
De la paume des mains.

La pauvre sainte Vierge,
Au-dessus de Jésus,
Met son voile de serge,
Pour qu'il n'entende plus.

Dans un coin de l'étable,
Saint Joseph ahuri :
« C'est, dit-il, détestable !
Va-t-il cesser son cri ? »

Mais l'âne continue,
De tout son brave cœur,

De jeter vers la nue
Les *laudes* du Sauveur,

« Dieu même en personne,
Hi ! han ! hi ! han ! han !
   Au monde se donne,
   Là dans l'Orient,
        Hi ! han !

— Allons ! dit Jésus, cesse
De célébrer ton roi.
Tiens ! voici ma caresse ;
Je suis content de toi. »

L'âne ferme la bouche,
Mais il est triomphant,
Car on permet qu'il touche
Les pieds du bel enfant.

# L'Enfant Jésus et la petite Bergère de Bethléem

Petits yeux bleus, petites lèvres roses,
Petits cheveux blonds, blouclés et soyeux,
Petit bouquet de fleurs fraîches écloses,
A son corsage, à l'or de ses cheveux ;
Petits souliers et petite mantille,
Petit jupon rayé de blanc, de noir ;
C'est le portrait de la petite fille
  Que vous allez voir.

Elle courait sur le bord de la route,
Portant au front un rayon de plaisir ;
De temps en temps cependant elle écoute
Des chants du ciel qui semblent la saisir ;
Puis, tout à coup reprend, vive et légère,
Son vol ardent de la plaine au coteau.
On aurait dit l'aimable messagère
  Du doux renouveau.

Mais si matin, toute seule, où va-t-elle,
Sans avoir peur ni des chiens ni des loups ?
Demandons-lui... Dis-nous, petite belle,

Où vas-tu donc ? Veux-tu le dire à nous ?
— Moi, dit l'enfant, je le tiens d'un archange,
Je sais que Dieu là-bas, à Bethléem,
Est né... Je cours lui donner ma louange.
    Mon nom est : Salem.


Mais laissez-moi, car je suis bien pressée...
La belle enfant marche plus vite encor ;
Sa chevelure alors, si bien tressée,
S'est dénouée et retombe en flots d'or.
Elle entre enfin, souriant, hors d'haleine,
Dans cette étable aux chevrons vermoulus,
Dit en faisant révérence de reine :
    Bonjour, mon Jésus !


Bonjour, Salem ! petite sœur chérie,
Reprit Jésus. — Quoi ! vous me connaissez !
— Depuis longtemps, dit le fils de Marie,
Et pour ton cœur j'ai des soins empressés.
— Un ange blanc, vêtu d'or et de soie,
Vint m'annoncer que vous étiez ici...
Vous le savez ? — Oui, c'est moi qui l'envoie,
    — Mon Jésus, merci !


Puisque, Jésus, vous avez la puissance,
Accordez-moi les choses qu'aujourd'hui
Je viens chercher de votre bienveillance :
De ma maman, Jésus, soyez l'appui ;
Je n'ai plus qu'elle et Johannès, mon frère,
Protégez-les... Bientôt ils vont venir,
A Bethléem... Moi, je n'ai plus de père,
    Veuillez me bénir !

N'oubliez pas ma belle chèvre blanche,
Car son bon lait, c'est un trésor pour nous.
Chez nous, Jésus, sur le coteau qui penche,
Elle bondit... Défendez-la des loups...
Alors Jésus attira la mignonne
Près de la crèche et son front se baissa;
Ce que tu veux, dit-il, je te le donne...
    Puis, il l'embrassa.

# L'Enfant Jésus et les Joueurs de Cornemuse

※

C'était minuit... dans une plaine immense,
En Orient, douze bergers veillaient
Leurs blancs troupeaux... Tout était en silence...
Partout ailleurs les hommes sommeillaient.

Une lueur éclatante et soudaine
Illumina le beau ciel étoilé.
Ce vif éclat descendait dans la plaine,
Plus n'était nuit... Tout était dévoilé.

Cette lumière éblouissante et pure
Jetait aux champs, aux prés, des tons vermeils,
Des tons très doux, pourtant, sur la nature ;
Elle brillait plus que mille soleils.

Tous les bergers, saisis par l'épouvante,
Se regardaient et regardaient les cieux.
D'où vient cela ? C'est l'annonce éclatante
Du dernier jour ! Frères, fermons les yeux !...

Ah ! Ah ! Ah ! Ah ! les spectacles étranges !
Voyez ! voyez ! Oh ! non ! n'ayez pas peur !

2

Dit un berger ; le sourire des anges
S'adresse à nous... Frères, c'est du bonheur !

Et consolés, aux voûtes éternelles,
Les douze enfants portèrent leurs regards.
Applaudissant tous les battements d'ailes
De ces esprits, volant de toutes parts.

Chut ! Écoutez ! Voyez cet ange rose,
Assis, là-haut, sur un nuage d'or ;
Il vient, bien sûr, nous dire quelque chose.
Chut ! Écoutez ! patientons encor !

L'ange en effet laissa cette parole
Tomber, sur terre, aux bergers à genoux :
Petits bergers, voyez cette auréole,
Sur Bethléem... Vite, allons ! levez-vous !

Il vous est né là-bas, dans cette étable,
Un Dieu Sauveur : *Gloria ! Gloria !*
Allez le voir ! c'est l'enfant adorable !
C'est Lui ! c'est Lui ! Chantez *Alleluia !*

Dans un clin d'œil, ce spectacle magique
A disparu... Plus d'anges, de clarté...
Là-haut, bien haut, la note d'un cantique
S'entend encor... Puis rien... L'obscurité !...

Allons le voir, activons notre marche,
Dit un berger ; si c'est le Fils de Dieu,
C'est bien celui dont un vieux patriarche
Nous a parlé, le soir, au coin du feu.

Vous, dans vos mains, prenez la cornemuse,
Oza, Moab, pour célébrer l'Enfant.

Se pourrait-il que le ciel nous abuse?
Courons chanter un hymne triomphant.

Ils sont partis, avec vitesse extrême,
Et vers l'étable ils sont bientôt venus...
C'est bien cela, c'est bien l'Enfant lui-même,
Peint par le ciel, les mains et les pieds nus.

·Oza, Moab, gonflent l'outre champêtre ;
Tous les bergers courbent bien bas le front.
Oui, disent-ils, vous êtes notre Maître,
O doux Jésus, nos cœurs vous aimeront.

> Salut, humble muraille,
> Vous abritez un Dieu,
> Couché sur de la paille,
> Grelottant et sans feu.
>
> Votre bouche est divine,
> O beau petit Jésus ;
> On voit, à votre mine,
> Le grand Roi des élus.
>
> Nous n'avons pas grand chose,
> Nous sommes des pasteurs.
> Mais, ô bel enfant rose,
> Nous vous donnons nos cœurs.

La douce Vierge, au chant de ce cantique,
Avait souri. Joseph applaudissait,
Tout seul, avec un entrain magnifique.
Dans son berceau, Jésus les bénissait.

Et les bergers, en délaissant l'étable,
Marchaient joyeux et devisaient gaiement.

Avez-vous vu comme il était affable,
Comme il est bon et comme il est charmant?

Oza, Moab, gardez la cornemuse ;
Nous reviendrons chanter à deux genoux.
Vous avez vu, l'enfant, cela l'amuse...
Il souriait... et nous bénissait tous.

# La Chemisette de l'Enfant Jésus

La Vierge fidèle,
Aux beaux cheveux d'or,
Travaille chez elle,
Quand son Jésus dort.
Sa quenouille blonde
Repose à son flanc ;
La Reine du monde
Murmure en filant :
    File, file,
      Très agile
        Mon fuseau.
Je suis une pauvrette,
Je fais la chemisette
De Jésus au berceau.

L'oiseau sous la feuille,
Par le ciel béni,
Va, vient et recueille,
Pour bâtir son nid,
Mousse, crins et paille
Et légers tissus ;
Et moi je travaille
Pour mon beau Jésus.

File, file,
Très agile
Mon fuseau.
Je suis une pauvrette,
Je fais la chemisette
De Jésus au berceau.

L'abeille rapide
Vole au sein des fleurs,
Puiser le liquide,
Aux douces saveurs ;
Travaillant sans cesse,
Elle fait son miel ;
Et moi je m'empresse
Pour l'Enfant du ciel.
    File, file,
    Très agile,
    Mon fuseau.
Je suis une pauvrette ;
Je fais la chemisette
De Jésus au berceau.

Le froid sur la terre
Est déjà venu.
Qu'il a de misère,
L'enfantelet nu !
Partout c'est la neige,
Et son manteau blanc.
Que le ciel protège
Mon petit enfant !
    File, file,
    Très agile,
    Mon fuseau.

Je suis une pauvrette,
Je fais la chemisette
De Jésus au berceau.

Courage ! Courage !
Sans me reposer,
Car, par mon ouvrage,
Je gagne un baiser.
J'aurai le sourire
De Jésus mon Roi,
Qui viendra me dire :
Jésus n'a plus froid.
    File, file,
    Très agile,
    Mon fuseau.
Je ne suis plus pauvrette
Voici la chemisette
De Jésus au berceau.

# La Marguerite de l'Enfant Jésus

Du fond de l'Orient, de ces pays barbares,
        Des rois étaient venus,
Avec de grands présents et des étoffes rares
        Pour le petit Jésus.

Ce n'était que bijoux, objets d'orfèvrerie,
        Travaillés avec art ;
Les gemmes s'étalaient, comme dans la prairie,
        Les fleurs de toute part.

Les lingots d'or dardaient leurs vives étincellles,
        Dans des coffrets d'argent.
Cela faisait la charge à deux fortes chamelles,
        Au poil rude et changeant.

Puis des vases ornés, portés par des esclaves,
        Pleins d'encens parfumé ;
De la myrrhe et du nard, aux effluves suaves,
        Et du bois embaumé.

Les Mages arrivés, après plus d'une épreuve,
        Déposent tous les trois
Leurs trésors ruisselants, comme l'onde d'un fleuve,
        Devant le Roi des rois.

Il se trouvait alors, dans un coin de l'étable,
    Parmi ces étrangers,
Un tout petit enfant, bien pauvre et misérable,
    Un enfant de bergers.

Il n'avait à la main qu'un bouquet de fleurettes,
    Pour l'offrir à Jésus ;
Il l'avait recueilli, gardant ses brebiettes,
    Mais il était confus.

Confus de voir ses fleurs, si petites, si pâles,
    Et sans aucuns reflets,
Près de l'or, de l'argent, des rubis, des opales,
    Sur le sol étalés.

Mais Jésus, sans toucher aux diamants limpides,
    Tendit sa douce main,
Et reçut le bouquet des fleurettes humides,
    Cueilli sur le chemin.

Et Jésus les baisa... Voilà que les fleurettes,
    Avec étonnement,
Aux lèvres de Jésus virent leurs collerettes
    Changer soudainement...

Leurs bords furent frangés d'une pourpre opulente,
    Et le petit berger,
En chantant de Jésus la main toute-puissante,
    Partit d'un cœur léger.

On la voit bien souvent cette fleur si petite,
    Aux gazons fins et drus ;
On l'appelle depuis la gente marguerite
    Du bel enfant Jésus.

# L'Enfant Jésus
## et le petit Garçon méchant

A Bethléem, quand Jésus voulut naître,
Tout près de là, dans un sombre logis,
Comme l'étable, abandonné, sans maître,
Pauvres vivaient une mère et son fils.
Elle était veuve... Avant la mort du père,
On connaissait la paix et le bonheur ;
Depuis, c'était une noire misère.
La mère avait grande souffrance au cœur.
Son fils, âgé de sept ou huit années,
Était connu comme un vrai garnement ;
A faire mal il passait ses journées,
Était menteur, paresseux et gourmand.
Souventes fois la malheureuse veuve
Le reprenait et dur le punissait.
Dans ses chagrins, la plus cruelle épreuve,
C'était de voir que rien plus n'y faisait.
Quand on apprit qu'on allait dans l'étable,
Pour adorer Jésus le Fils de Dieu,
Qu'on le disait partout puissant, aimable,
Elle se prit d'espoir un petit peu.
Viens, mon enfant, dit la veuve affligée,

Viens, mon Jabel (il s'appelait ainsi);
Je vais soigner ta mise négligée,
Et nous irons à quelques pas d'ici,
Voir ce Jésus dont on dit des merveilles.
Il paraîtrait que c'est le Roi des rois;
Quelques bergers l'ont su, pendant leurs veilles,
Viens, mon Jabel...
                    Pour la première fois,
Il obéit...
              Ils se mirent en route;
Elle, rêvant; lui, vif comme un oiseau.
Voici l'étable! Arrête! chut! écoute!
Entrons, c'est là qu'est le petit berceau.
Ils sont entrés.
                    — Jésus, je vous adore,
Dit au Sauveur cette femme, en pleurant;
Sauvez mon fils! le chagrin me dévore;
Il est perdu, bien qu'il ne soit pas grand.
Dans son berceau, le doux Sauveur du monde
Porta longtemps son regard vers le ciel;
Puis, de ses yeux que la tendresse inonde,
Il regarda le tout petit Jabel.
— Jabel, dit-il, pour aller, de la terre,
Chanter un jour sous les lambris des cieux,
Il ne faut pas briser ta pauvre mère,
Faire jaillir des larmes de ses yeux...
Jabel écoute à genoux, tête basse,
Son pauvre cœur est gonflé de sanglots.
Le repentir en ce moment efface
Tout le passé... ses pleurs coulent à flots.
— Jabel, Jabel, dit le Fils de Marie,
Relève-toi... Je ne veux ton affront.
Que de vertus ton âme soit fleurie,

Viens, mon Jabel, je veux baiser ton front.
Tu m'aimeras, tu chériras ta mère ;
Tous ces péchés, tu ne les feras plus ?...
— Non, non, Jésus, dit Jabel, je l'espère ;
Je serai bon, je le promets, Jésus.

La veuve alors se relève, ravie,
Louant Jésus et bénissant le ciel,
Son fils l'aima pendant toute sa vie,
Et fut toujours le bon petit Jabel.

# L'Enfant Jésus et la Bûche de Noël

Quand la Vierge eut placé sur quelques brins de paille
   Jésus, son nouveau-né,
L'Enfant, dans cette crèche, au pied de la muraille,
   Était trop incliné.

Mon Joseph, dit Marie, oh ! voyez comme il penche !
   Mon Joseph, soyez prompt :
De ce coin de l'étable, apportez une planche,
   Pour relever son front.

De quatre coups de hache, au bois d'un térébinthe,
   Saint Joseph achevait
Le travail, et la Vierge, exhalant une plainte,
   En fit un dur chevet.

L'Enfant Jésus sourit... Et voilà qu'à la porte,
   On frappe quelque coup...
Une pauvresse entra, de froid à demi-morte,
   Car il gelait beaucoup.

Elle est vieille, bien vieille, et ridé son visage ;
   Mais sa figure encor,
Des charmes d'autrefois, fanés par le grand âge,
   Gardait quelque décor.

Elle s'agenouilla près du berceau rustique
    Où Jésus reposait ;
Les yeux mouillés de pleurs, d'une voix prophétique,
    Tremblante, elle disait :

Mon Dieu, je t'attendais, je savais par un ange
    Que tu devais venir ;
Que tu voulais laver notre àme de sa fange,
    Nous aimer, nous bénir.

Petit enfant si beau, ta vie est un mystère :
    Toi, Dieu, tu souffriras...
Mais ta souffrance, un jour, doit racheter la terre,
    Alors tu règneras.

Déjà, dès le berceau, la pauvreté t'opprime,
    La sombre pauvreté.
J'entrevois malgré tout ta mission sublime
    Et ta divinité.

Un pareil dénùment règne dans ma chaumière,
    Je suis pauvre aussi, moi.
Mais, moi, je dois souffrir et souffrir la première,
    O Jésus, ô mon Roi !

Souvent je n'ai de pain, dans ma triste mansarde ;
    Je n'ai jamais de feu.
Qu'importe la douleur ? Si ta bonté me garde,
    Je veux t'aimer, mon Dieu.

La vieille se leva... La Vierge, avec tristesse,
    Prit un morceau de pain ;
Oui, Dieu vous gardera, dit-elle à la pauvresse,
    Maintenant et demain.

Tenez... L'Enfant Jésus avait un doux sourire ;
       Du regard il suivait
Sa mère. qui comprit ce qu'il avait à dire.
       Elle prit le chevet.

Tenez, dit-elle encor, prenez cette bùchette,
       Qu'elle vous chauffe un peu,
Et Jésus souriait, dans sa dure couchette,
       Du sourire d'un Dieu.

La pauvresse partit, et le pain, dans sa huche,
       Dura, tous ses vieux jours.
Dans son âtre fumeux, elle admirait la bùche
       Qui la chauffait toujours.

Dans la nuit de Noël, nous allumons encore,
       Dans l'àtre ou le fourneau,
Orme, frène ou sapin que la flamme dévore,
       C'est la bùche de *Nau*.

Dans cette nuit fameuse, où pour nous, dans l'étable,
       Un grand bonheur a lui,
Comme l'Enfant Jésus, aimons le misérable,
       Aimons-le comme lui.

# L'Enfant Jésus et le petit Roitelet

Sur les rebords du berceau de Jésus,
Après avoir quitté son nid de mousse,
Un oiseau, gros pas plus qu'un petit pouce,
S'était perché... Son cœur n'en pouvait plus

D'émotion... Quand Jésus, le Prophète,
Apparut, tout fut sens dessus dessous.
Le pauvre oiseau, dans un buisson de houx,
Ne savait plus où donner de la tête.

Anges du ciel, chants, fêtes et bergers,
Lueur divine, étoile, trois beaux Mages
De l'Orient, des plus lointaines plages,
Puis, chaque jour, de nombreux étrangers.

Mais tout cela n'était plus... Le silence
Régnait partout... Se doutant bien un peu
Que cet enfant était le Fils de Dieu,
L'oiseau partit, pour chanter sa puissance.

Et quand il vit un enfant aussi beau :
Vraiment, dit-il, c'est bien le Dieu des Anges.
Alors à lui mes plus belles louanges !
Et pour cela, volons à son berceau.

Et là perché, nous rapporte l'histoire,
Pour le poupon il chantait nuit et jour.
Sans épuiser les flots de son amour,
Il épuisa presque son répertoire.

Le bon Jésus le prenait dans sa main,
Et lui donnait caresse sur caresse ;
Plongeait son cœur dans la plus douce ivresse,
En le faisant reposer sur son sein.

Jésus lui dit : D'autres, par le plumage,
Par la grandeur, petit, sont plus que toi.
Mais par le cœur, l'amour, c'est toi le roi.
Il n'en est point qui m'aiment davantage.

Et maintenant, mon charmant oiselet,
A tes buissons sans crainte vole, vole,
Et dans ton cœur, grave cette parole :
Je te bénis, mon gentil roitelet.

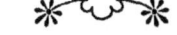

# L'Enfant Jésus et l'Étoile

Quand le petit Jésus vint dans la froide crèche,
Pour nos fautes souffrir l'extrême dénûment ;
Quand sa mère l'eut mis sur de la paille fraîche,
Un fait étrange alors parut au firmament.

Dans ce bleu, sans limite, où nagent les étoiles,
Les planètes d'onyx et les astres vermeils,
Où roulent, enflammés, plus vite que des voiles,
Dans un cercle sans fin, les immenses soleils,

Il se fit un arrêt, dans les courses vibrantes
Des globes lumineux, sur ce vaste Océan ;
Dans l'éther impalpable, aux ondes transparentes,
Soudain on aperçut naître un autre géant.

C'était un inconnu... Pas une étoile encore
Ne l'avait contemplé... Doux étaient ses rayons,
Diversement teintés, comme ceux de l'aurore,
Et marquant, dans le ciel, de radieux sillons.

Et cet astre nouveau s'agitait dans l'espace ;
De sa beauté sans nom les autres tout émus,
Pour lui céder la route, abandonnaient leur place,
Et vers la terre, lui, glissait de plus en plus.

Après des vols nombreux, des courses furibondes,
A travers les soleils et les astres brûlants,
Après avoir passé l'immensité des mondes,
Cet astre près de nous arrêta ses élans.

Alors de ses rayons il éclaire une étable,
Sous le ciel d'Orient, tout près de Bethléem.
On voyait sa lumière ardente, inexplicable,
Et de la Galilée et de Jérusalem.

On vint de Samarie et du pays des Mages,
Pour voir ce que c'était que ce rayon de feu.
« Venez, peuples, venez! offrez-lui vos hommages,
Chantait l'étoile d'or, car cet Enfant, c'est Dieu! »

C'était un enfant nu, blanc lis, vermeille rose...
Sa mère est vierge et belle autant qu'on l'est au cieux.
Sur quelques brins de foin l'enfantelet repose,
Dans la crèche d'un bœuf, d'un âne déjà vieux.

L'étoile du miracle aussitôt le dévoile...
On s'agenouille, on prie, on regarde, on a cru.
Et l'Enfant dit alors : Merci, petite étoile!...
. . . . . . . . . . . . . . . .
Et dans le fond du ciel, l'étoile a disparu.

# L'Enfant Jésus et l'Hermine

Il faisait froid, très froid, là-bas, dans cette étable,
Où naquit le Sauveur, dans la nuit de Noël ;
Il neigeait sur la terre, et la neige, du ciel,
      Tombait, infatigable.

Le blanc linceul cachait et la plaine et le val ;
Les arbres, sous le poids des lourdes couches blanches,
Se courbaient... et le givre, à la pointe des branches,
      Pendait comme un cristal.

Le vent du nord soufflait... Le pauvre petit pâtre
Se tenait enfermé, blotti tout près du feu.
Mais l'étable où naquit Jésus, le fils de Dieu,
      Ne possédait point d'âtre.

Aussi, dans son berceau, Jésus, le divin Roi,
Jésus qui donne, aux cieux, des ailes à ses anges,
Jésus, pour se couvrir, n'avait que quelques langes ;
      Son corps tremblait de froid.

Aux rigueurs des frimas, ses mains s'étaient gonflées ;
Je ne sais pas pourquoi de splendides soleils
Ne vinrent pas chauffer, de leurs rayons vermeils,
      Ces menottes gelées.

Soudain, d'un trou profond, un gentil animal
Montra son nez pointu, son ondoyante échine ;
Du doux Enfant Jésus il gagna la poitrine,
   Sans lui faire de mal.

Sa fourrure était noire et douce comme soie ;
Il alla sur les mains du saint Enfant Jésus,
Les lécha doucement et se coucha dessus
   Avec beaucoup de joie.

Une tiède chaleur pénétra dans les doigts
Du Sauveur qui pleurait... Mais, relevant la tête :
« Maintenant, dit Jésus à la petite bête :
   Récompense je dois. »

Alors de l'Enfant-Dieu le frontelet se penche,
Touche les poils soyeux, les baise avec amour :
L'animal gracieux, tout noir jusqu'à ce jour,
   Devint l'hermine blanche.

# Le premier mot de l'Enfant Jésus

Avez-vous entendu parfois, dans le bocage,
Le murmure confus des oiselets, le soir?
Oh! ce n'est plus du jour l'éblouissant ramage,
Quand tous, sous la feuillée, ils se disent bonsoir.
Leur chant entrecoupé, leur demi-cantilène,
Leurs voix, qui semblent rire, au milieu de leurs jeux,
C'est suave, c'est pur, l'âme en est toute pleine...
Quand il était petit, Jésus chantait comme eux.

Avez-vous entendu, dans les vertes prairies,
Au retour du printemps, les tortueux ruisseaux,
Promenant à l'étroit, dans leurs rives fleuries,
Le limpide cristal de leurs rapides eaux?
Avez-vous entendu chanter leurs cascatelles,
Sur les tapis de mousse et sur les cailloux blancs...
Quand il était petit, Jésus chantait comme elles,
Sa bouche avait des sons doux, confus et tremblants.

Avez-vous entendu passer dans le grand chêne,
Les parfums embaumés des brises du printemps?
Du zéphyr avez-vous ouï la douce haleine
Agiter les brins d'herbe et les bouleaux pendants?
La nature renait, sous leur molle caresse,

Les plaines et les prés, et les buissons touffus,
Se pénétrent de vie et tremblent sous l'ivresse...
Comme la brise aussi chantait le beau Jésus.

Or, un jour il leva ses yeux pleins de tendresse ;
Il regarda la vierge, et, de ses bras joyeux,
Il entoura son front... Doucement il le presse...
Les anges souriaient en ce moment aux cieux.
La Vierge alors surprit, sur la lèvre si pure
De son Enfant divin, ce doux roucoulement,
Ce mot que le bon Dieu fit pour sa créature,
Qui fait pâmer d'amour, ce premier mot : Maman !

# L'Enfant Jésus et la petite Mendiante

Cheveux au vent, pieds nus
Et mine souriante,
Passait près de Jésus
Petite mendiante,

Fraîche comme une fleur,
Svelte comme une abeille.
On lisait le bonheur
Sur sa lèvre vermeille.

On la vit s'arrêter
Près de l'étable antique,
Soudainement chanter
Ce suave cantique :

Petit Jésus si beau,
Dans ton humble couchette,
     Nau ! Nau !
J'adore ta bouchette,
          Nau !

Dans ce pauvre berceau,
J'aime tes mains mignonnes.
     Nau ! Nau !

Oui, vraiment tu rayonnes,
　　Nau !

Permets, ô Dieu nouveau,
Que tout près de ta couche,
　　Nau ! Nau !
Tes petits pieds je touche,
　　Nau !

Je ne suis qu'un oiseau,
Mais un oiseau qui passe,
　　Nau ! Nau !
Oh ! ton cœur, je l'embrasse.
　　Nau !

Après un chant si doux,
La gentille fillette
Se mit à deux genoux,
Aux pieds de la couchette.

Je me nomme Rachel ;
Je suis seule sur terre,
Dit-elle. O beau Noël,
Je te voudrais pour frère !

Et Jésus se baissa,
Rayonnant d'allégresse,
Et Jésus embrassa
La petite pauvresse !!

# Les petits sabots de l'Enfant Jésus

Déjà trois ans depuis l'étable
    Sont écoulés...
La Vierge et son enfant aimable
    Sont exilés.

Pour eux les mœurs, le pays même,
    Sont inconnus.
Aussi chagrins, misère extrême,
    Sont survenus.

Or, une année, en la chaumière,
    Jour solennel
Était fêté par la prière...
    C'était Noël.

A la Vierge, dans la soirée
    De ce grand jour,
Jésus disait : Mère adorée,
    Par mon amour,

Je veux mettre en la cheminée,
    Mes sabots blancs ;
La part que Dieu m'a destinée
    Sera dedans,

La Vierge enlève avec prestesse
Petits sabots ;
Puis elle baise avec ivresse
Ces pieds si beaux.

Jésus dépose sa chaussure
Près du foyer,
Où se consume la ramure
D'un vieux noyer.

A sa mère donnant sa bouche,
Pour un baiser,
Jésus va, dans son humble couche,
Se reposer.

Le lendemain l'Enfant se lève,
Agile, heureux.
La Vierge est surprise d'un rêve
Très douloureux.

Elle a vu là-bas le Calvaire,
Sanglant, confus.
Une croix..., son fils, pauvre mère !
Était dessus.

Jésus courut auprès de l'âtre ;
Le feu couvait,
Une fumée un peu rougeâtre
S'en élevait.

Il regarda d'un œil avide
Dans les sabots...
Sa mère avait le front livide
Et le cœur gros.

Jésus vit les choses divines
        Venant du ciel :
Une croix... et quelques épines...
        Un clou cruel...

Il reçoit tout des mains du Père
        Qu'il adorait.
Mais la Vierge, à genoux, sur terre,
        Tout bas pleurait.

Mon fils ! mon fils ! répétait-elle,
        Quel avenir !!
Il me faudra, douleur cruelle,
        Vous voir mourir !

— Ne pleure pas, mère si bonne,
        Dieu veut ainsi
Montrer aux âmes qu'il pardonne ;
        A lui, merci !

# L'Enfant Jésus et le petit Chat

Le blond petit Ségor,
Agé de six années,
Se lamentait bien fort
Depuis quelques journées.
Je suis triste et confus,
Disait-il à sa mère ;
Pour l'offrir à Jésus,
Je n'ai rien sur la terre.
Vois les autres bergers :
Ils s'en vont à l'étable
De présents surchargés
Pour l'Enfant adorable.
— Aux pieds de ce doux Roi,
Mon enfant, va quand même,
Dis-lui : Jésus, c'est moi !
Je n'ai rien, mais je t'aime !
Sa mère ainsi parla.
Et Ségor, l'enfant rose,
Cria soudain : Voilà !
Mère, j'ai quelque chose !
Et vite il s'approcha
D'une boiteuse chaise

Où son blanc petit chat
Sommeillait à son aise.
Oh ! je t'aime beaucoup,
Dit-il, mon chat aimable !
Allons ! viens à mon cou
Et courons à l'étable...

. . . . . . . .

Ils arrivent tous deux ;
Ils avaient mine fraîche.
Ségor était heureux
Au pied de l'humble crèche.
O beau petit Jésus,
Cria-t-il, je t'apporte
Ce que j'aime le plus.
Joseph, fermez la porte.
Regarde ses yeux gris
Et sa blanche fourrure ;
Jésus, si les souris
Rôdent à l'aventure,
Par lui tu les verras
Prises avec adresse.
Mais toi tu recevras
Ses plus douces caresses.
Écoute son ronron ;
Il est déjà bien aise.
Mets ta main sur ton front,
Si tu veux qu'il te baise.

. . . . . . . .

N'est-ce pas qu'il est beau ?...
Eh ! bien, je te le donne.
Sur ton humble berceau,
Jésus, je l'abandonne,

C'est là tout mon trésor ;
C'est là tout mon empire.

. . . . . . . . .

Jésus bénit Ségor,
Avec un doux sourire.

. . . . . . . .

Et le petit Ségor,
Dans sa sixième année,
Riait, riait bien fort,
Depuis cette journée.

# Appel de l'Enfant Jésus aux Fleurs

Paré d'une auréole,
Jésus, dans les grands prés,
Sous les cieux azurés,
Disait cette parole :

Allons! mes fleurs, allons!
Voici l'heure de naître ;
C'est l'heure de paraître,
Croissez dans les vallons !

Au sein de nos prairies,
Au milieu du gazon,
Vite, c'est la saison,
Venez, venez, chéries.

Pour calmer nos douleurs,
Sur les bords des fontaines,
Poussez, petites reines,
Étalez vos couleurs!

Toutes fraîches et belles,
Montrez-vous aux coteaux,
Et donnez aux oiseaux
Vos corolles nouvelles.

Abritez leurs doux nids,
Et cachez, fleurs gentilles,
Leurs petites familles,
Sous vos manteaux bénis.

Pour la rendre joyeuse,
Sur le bord du chemin,
Mettez-vous sous la main
De l'âme voyageuse.

Venez couvrir nos champs.
Et partout, fleurs divines,
Cachez-nous les épines
Et les hideux serpents.

Entr'ouvrez vos calices;
Allons! de toutes parts,
Venez sous nos regards,
Accourez, séductrices.

Fleurissez en tout lieu,
Et que votre parure
Revête la nature;
C'est le temple de Dieu.

. . . . . . . .
. . . . . . . .

Jésus n'avait qu'à dire...
Et les fleurs se montraient...
Et les fleurs célébraient
Jésus et son sourire.

# L'Enfant Jésus et saint Joseph

L'âge au front de Joseph a gravé plus d'un pli ;
Ses cheveux sont tout blancs, et son bras, à l'ouvrage,
N'a plus comme autrefois la force et le courage,
     Étant moins assoupli.

Mais, durant tout le jour, cependant il travaille ;
La sueur, à longs flots, mouille son corps entier,
Quand, sans cesse ahanant, il fend le bois grossier,
     Qu'il le scie ou le taille.

Mais en voyant Jésus, rayonnant, essoufflé,
Venir vers l'atelier, accélérer sa marche,
Joseph lui tend les bras, et le vieux patriarche
     A le cœur consolé.

Il travaille plus fort, mais souvent il regarde
Le Fils de Dieu jouant au milieu des outils ;
Joseph a, pour veiller son Dieu, des yeux subtils,
     Car il en a la garde.

C'est bien, quand Jésus prend un bâton pour cheval ;
Mais s'il touche à la hache, aux ciseaux, à la scie :
Chut ! fait-il, que dirait votre mère Marie ?
     Vous vous feriez du mal.

Laissez-là l'herminette et cette besaiguë,
Car vous feriez saigner vos jambes ou vos bras ;
Ne prenez pas ceci ; moi, je ne le veux pas,
    La pointe est trop aiguë.

Et Jésus souriant : Mais pour te délasser,
Disait-il à Joseph, cesse un peu ton ouvrage ;
Place-moi sur ton cœur, j'essuirai ton visage ;
    Moi, je veux t'embrasser.

Le vieillard saisissait Jésus sur sa poitrine...
Quelle touchante scène alors dans l'atelier !
Tous les deux se donnant, Jésus et l'ouvrier,
    Une étreinte divine.

Oui, c'est bien de l'orgueil. Je le dis derechef,
Oui, c'est bien de l'audace... et cependant, une heure,
J'eusse voulu moi-même, en cette humble demeure,
    Être le bon Joseph.

# Les Enseignements de l'Enfant Jésus

Un jour, l'Enfant Jésus, au vallon solitaire,
Tout près de Nazareth, à l'ombre était assis,
Avec d'autres enfants... Le printemps à la terre
Donnait oiseaux et fleurs, brise de paradis.

Le sourire jouait sur la lèvre enfantine
De tous ces chers petits, de ces mignons marmots,
Quand Jésus, se levant, de sa bouche divine,
Laissa, pour ses amis, tomber ces quelques mots :

Chut ! chut ! entendez-vous, partant de ce bocage,
Mille petites voix monter vers le ciel bleu ?
Chut ! chut ! ne troublez pas le gracieux ramage
De ces charmants oiseaux qui chantent le bon Dieu.

Le souffle du printemps fait palpiter leur aile.
Heureux et triomphants, et le cœur plein d'amour,
Ils chantent les beautés de la saison nouvelle ;
De leurs jeux d'autrefois ils fêtent le retour.

Dans ces bosquets épais, réveillés dès l'aurore,
Ils modulent partout leurs gais et doux accents,
Louant, à plein gosier, le jour qui vient d'éclore,
Célébrant du soleil les rayons bienfaisants.

Dans les grands arbres verts, volant de branche en branche,
Glissant à travers feuille et se formant en chœur,
Ils sont toute une foule, et chaque oiseau se penche,
Pour chanter les gazons et saluer les fleurs.

Leur chant est bien plus beau, leur voix plus élevée,
Quand tous, dans les buissons, ils ont bâti leurs nids.
Oh ! l'amour dit alors les œufs et la couvée,
Et la tendresse alors célèbre les petits.

Mais... des petits oiseaux la troupe est envolée...
Vous avez fait du bruit... Je n'entends plus leurs voix,
Ainsi de nos plaisirs l'heure est vite écoulée
Et fuit, petits amis, comme l'oiseau des bois.

# Jésus et les Moissons

Un jour, suivi de ses amis fidèles,
Jésus allait, dans les sentiers des champs :
Mon Père est bon et ses œuvres sont belles,
Dit-il soudain aux apôtres rêvants.

Jetez les yeux sur ces immenses plaines,
Regardez loin, plus loin, plus loin encore.
Et contemplez, sous les chaudes haleines,
Les blés épais, ployant leurs épis d'or.

On croirait voir, sous la brise qui passe,
Glisser d'un lac les flots bleus et pesants.
Écoutez bien... La moisson, dans l'espace,
Comme le lac, verse aussi ses accents :

« Sur les sillons, dans la terre fertile,
La main d'un homme, un jour, nous a jetés :
Puis essuyant son visage tranquille,
Cet homme a dit, quand il nous a quittés :

Allons ! germez, grandissez tout de suite,
Car mes enfants ont bien besoin de pain ;
O petits grains, poussez, poussez bien vite
De beaux épis, poussez, nous avons faim.

Que Dieu vous donne une douce rosée !
De son soleil les bienfaisants rayons !
Et qu'à l'été, votre tige bercée
Jaunisse enfin tous vos larges sillons !

Et du bon Dieu la douce Providence
Reçut alors les vœux du laboureur.
Et nous avons, dans cette plaine immense,
Poussé, grandi, sous l'œil du Créateur.

Et, dans ce jour, nous jaunissons la plaine.
Viens, laboureur, contempler ton trésor.
Regarde-nous, notre tige est bien pleine ;
Recueille-nous, recueille les grains d'or.

Allons ! allons ! vite en main la faucille !
Le ciel voulut réaliser ton vœu ;
Nous sommes, nous, le pain de ta famille.
A deux genoux, rends grâces à ton Dieu. »

. . . . . . . . . . . . .

. . . . . . . . . . . .


Moi, petit grain, je veux bien plus encore.
Je veux qu'un jour tu sois sur mon autel
La chair du Dieu que l'univers adore.
Oui, tu seras un jour le pain du ciel.

# DEUXIÈME PARTIE

# PARFUMS DE LA VIE DES SAINTS

# PARFUMS DE LA VIE DES SAINTS

## *Sainte Germaine de Bar-sur-Aube*

**(An. 406)**

---

C'était au temps des incultes Vandales,
Sur notre Gaule ils passaient, en laissant
Torrent de flamme et grand fleuve de sang.
C'était l'orage, aux grondantes rafales.

Un jour d'hiver, leurs pesants bataillons,
Soudards grossiers, étant partis dès l'aube,
Allaient toucher les murs de Bar-sur-Aube,
Après avoir détruit bien des sillons.

Près d'un sentier, aux bords d'une fontaine,
Soudain parut, en face des brigands,
Une enfant blonde, avec ses dix-huit ans ;
Elle était belle, et s'appelait Germaine.

Chaque matin, délaissant son castel,
Quand aux oiseaux apparaissait l'aurore,

La noble vierge, avec sa blanche amphore,
Venait puiser l'eau pure pour l'autel.

En la voyant : Ah ! qu'à cela ne tienne !
Elle est à nous, dit l'un des durs soldats ;
Et vers Germaine il dirigeait ses pas...
Mon Dieu ! mon Dieu ! dit la vierge chrétienne,

Protège-moi ! Vaincu par ses regards,
L'homme s'arrête... Armé d'un glaive, un ange
Vient protéger la fleur contre la fange...
Mais la fureur aveugle les soudards.

Nul ne l'aura ; nul n'en fera conquête,
Clament-ils tous. Nul ne peut l'épouser.
Eh bien ! la mort lui donne son baiser...
Et de leur glaive, ils lui tranchent la tête.

Puis ils s'en vont... Et le prêtre attendait
Devant l'autel, pour le saint sacrifice,
L'onde qu'il doit verser dans le calice.
Sur le gazon, la vierge s'étendait...

Le prêtre prie... il conjure... il implore...
La sainte enfant se relève soudain.
Germaine prend sa tête d'une main,
Par les cheveux, de l'autre son amphore.

La vierge arrive au-devant de l'autel :
L'onde, dit-elle, exigée au Mystère,
Je l'ai puisée, et la voici, mon Père ;
Dieu me demande... et je retourne au ciel...

# Les Cerfs de saint Needs

### (An. 440)

Saint Needs s'était fait moine, et pourtant, dans ses veines,
Des rois anglo-saxons coulait le noble sang.
Mais, plus que pauvreté, grandeur produit des peines ;
Saint Needs l'avait compris, aidé du Tout-Puissant.
Bientôt après il fut abbé d'un monastère,
Grâces à ses vertus, à son austérité ;
Avec ses moines gris, il cultivait la terre ;
Savait donner au sol de la fertilité.
Un jour, il défrichait les ajoncs d'une lande,
Avec deux gros bœufs roux, marqués de blanc tous deux ;
C'était rude travail et fatigue bien grande,
La sueur inondait et le moine et les bœufs.
Soudain, des noirs taillis de la forêt voisine,
Des voleurs embusqués s'élancent vers le saint,
L'attachent durement, au tronc d'une aubépine,
Afin d'exécuter leur coupable dessein.
Saint Needs est patient et garde le silence.
Les larrons empressés détèlent les grands bœufs,
Qui se laissaient bien faire, et, de leur longue lance,
Les poussent à marcher, à courir devant eux.
On s'étonne, au couvent, de la si longue absence

De l'aimable saint Needs. On va de tout côté ;
On le retrouve enfin, brisé par la souffrance,
Mais souriant encor de se voir garrotté.
Les moines tout de bon appellent l'anathème
Et la foudre du ciel sur les hideux brigands.
Des bœufs si travailleurs !!... Dieu pourvoira lui-même,
Laissez, laissez, dit Needs ; les maux ne sont pas grands.
A peine il avait dit, voilà que du bois sombre
Arrivent de beaux cerfs, aux solides jarrets,
A la haute ramure ; ils étaient en grand nombre,
Et semblent demander et le joug et les traits.
Saint Needs s'approche d'eux et les met à l'ouvrage,
Et la charrue au sol s'enfonce hardiment ;
Jamais le saint ne fit un si beau labourage,
Les moines regardaient avec étonnement.
Les cerfs allaient toujours, et cette immense plaine
Vit ses ajoncs détruits et son sol retourné,
Tout cela sans fatigue et sans aucune peine.
C'est le dernier sillon... et tout est terminé.
En apprenant cela, dès la première aurore,
Les brigands vers le saint ramenèrent les bœufs.
Le bon saint Needs pardonne, et souriant encore,
A ses moines il dit : Oui, je prîrai pour eux.
Mais, vous, aimez toujours la douce Providence ;
Au milieu des revers, gardez bien votre paix ;
A ce prix est la joie, au ciel la récompense.
Dieu sait bien ce qu'il fait... Ne vous fâchez jamais...

# *Le Cerisier de sainte Lucie*

### (Cinquième siècle)

Lucie était du sang royal d'Ecosse.
        On célébrait partout
Ses qualités, mais elle fut précoce
        En sainteté surtout.

Elle a douze ans... Un prince d'Angleterre
        Vient demander sa main.
La jeune enfant, du foyer de son père,
        S'en va le lendemain.

Elle partit bien loin de sa patrie ;
        Son cœur battait un peu.
Mais elle allait sur la route fleurie,
        Suivant le doigt de Dieu.

Dans son projet demeurant toujours ferme,
        Après bien du chemin,
Pour surveiller les troupeaux d'une ferme,
        Elle se place enfin.

On l'envoyait aux genêts de la plaine,
        Paître ses blancs agneaux.
Lucie était plus fière qu'une reine,
        Sous ses brillants joyaux.

Au livre ouvert de la belle nature,
    Tout lui parlait du ciel ;
Elle élevait son âme ardente et pure
    Aux pieds de l'Éternel.

En la voyant si modeste et si belle,
    Pour becqueter son pain,
Les oiselets voltigeaient autour d'elle,
    Se penchaient sur sa main.

Tout près de là, sur un rocher sauvage,
    Caché, silencieux,
Lucie avait placé la sainte image
    De la Reine des cieux.

Elle y courait dire à Dieu sa prière,
    Le soir et le matin,
Après avoir planté dans la bruyère
    Sa quenouille de lin.

Et le troupeau demeurait bien docile,
    Broutant l'herbette en paix.
Le loup cruel respectait cet asile
    Et n'y venait jamais.

Or, de prier, un jour la pastourelle
    Joyeuse retourna,
Quand tout à coup une chose nouvelle
    Grandement l'étonna.

Sa quenouillette était changée en arbre,
    Et l'arbre le plus beau,
En cerisier d'une blancheur de marbre,
    Au milieu du troupeau.

Tous les agneaux et les brebis, leurs mères,
 Ouvraient de larges yeux,
Sans cependant pénétrer le mystère
 De ce fait curieux.

A deux genoux la petite bergère
 Pria dévotement,
Promit à Dieu de vivre sur la terre,
 Encor plus saintement...

On nomme encor « bois de sainte Lucie »
 Ces arbres si connus.
J'ai lu cela, l'autre jour, dans sa Vie,
 Du Père Bollandus.

# La Pomme de saint Sabas

**(An. 437-531)**

Un jour, saint Sabas, dans son ermitage,
Au fond du désert, était à l'ouvrage.
Il bêchait, fouillait le sol du jardin.
Ce n'était point là sans doute un éden,
Mais il y poussait, en place des roses,
Des choux très pommés et bien d'autres choses.
C'est tout ce qu'il faut. Ordinairement
Le moine chez lui n'est point trop gourmand.
Sabas, au travail, ardent, se dépêche ;
Pas un seul instant ne laisse sa bêche.
Au centre du clos était un pommier,
Qu'un ermite fut forcé d'étayer,
A cause des fruits trop nombreux qu'il porte.
Dans le même cas faites de la sorte.
Tous ces fruits étaient dorés et vermeils.
Par les chauds rayons des plus beaux soleils,
La chaleur était, en cette journée,
Plus terrible encor qu'en toute l'année.
La sueur à flots inondait les bras
Et le corps entier du bon saint Sabas.
L'ermite avait soif, son gosier, sa lèvre

Étaient tourmentés d'un ardente fièvre.
De tous les filous Satan le premier,
Attendait Sabas au tronc du pommier.
Il se rappelait que c'est une pomme
Qui fit chavirer Adam, le pauvre homme.
Sabas, en bêchant, enfin se trouva
Près de l'arbre aux fruits, les yeux il leva ;
Oh ! Ce n'était point qu'il en eût envie ;
Il eût préféré délaisser la vie.
Mais il remarqua, dans l'arbre agité,
Une chose étrange, un peu de clarté,
Et voilà pourquoi, pas pour autre chose,
Il leva les yeux (le blâmer je n'ose).
Sabas se remit au travail encor.
Le besoin de boire était bien plus fort.
Puis, devant ses yeux dansaient pêle-mêle
Les beaux fruits dorés... son cœur devient frêle.
Une pomme !... Allons ! rumine Sabas,
Ce n'est rien du tout, ça ne compte pas...
Il regarde encor... Un petit murmure
Lui souffle ces mots : « Vois comme elle est mûre.
Rends grâces au ciel de tous ses bienfaits,
Il t'offre ce fruit pour ce que tu fais. »
Sabas cependant un tantinet songe...
Je le puis, dit-il... alors il allonge
Une de ses mains vers le fruit vermeil,
Le cueille, y mord... Oh ! le triste réveil !
Qu'as-tu fait, Sabas ? Entends-tu ce rire,
Là-haut, dans les airs ? Tristesse il m'inspire.
C'est lui, c'est Satan, l'ennemi de Dieu !
Tu tombes, Sabas, pour un fruit, c'est peu !
L'ermite alors crache et projette à terre,

En le méprisant, le fruit délétère ;
Le foule à ses pieds, puis, honteux, confus,
Jure que Satan ne l'y prendra plus.

. . . . . . . . . . . . .

Sabas tint parole et plus jamais pomme
Ne toucha depuis les dents du saint homme.

# L'Aigle de saint Médard

(An. 459-545)

L'eau tombait à torrents des gros nuages noirs.
A peine on respirait sous la chaude atmosphère.
La tempête arrivait... Sa puissante colère
Allait, dans un instant, briser bien des espoirs.

Les feuilles s'envolaient, des arbres détachées ;
Les oiseaux ont pris peur, dans leurs tremblants abris ;
Et, dans le tourbillon, les arbustes fleuris
De pétales au sol ont semé des jonchées.

Précédé d'un éclair, qui fend la nue en deux,
Le clairon du tonnerre enfin se fait entendre.
Sur le ciel, l'incendie achève de s'étendre :
Ce sont des paquets d'eau, la foudre aux sillons bleus,

C'est la grêle et le vent, tordant des troncs énormes,
Emportant les rameaux, par masse, dans les airs ;
L'aveuglante lueur des rapides éclairs
Fait passer au regard mille choses difformes.

Or, ce jour-là, bien loin des remparts de Noyons,
L'évêque saint Médard, dans la rase campagne,
Marche péniblement, mais son Dieu l'accompagne ;
Les actes de ce saint nous le disent. Voyons :

Quand le ciel devint noir, aux chaumes de la plaine,
L'évêque à deux genoux, sans trouble, sans émoi,
Avait dit au Seigneur : Mon Dieu, veillez sur moi.
De confiance en vous mon âme est toute pleine.

Le Seigneur entendit, et, des plus hauts sommets
Des montagnes de Caux, au moment de l'orage,
Un aigle prit son vol et fendit le nuage.
Cet aigle était puissant comme on n'en vit jamais.

Ses deux ailes étaient d'une immense envergure ;
Au milieu de la foudre il plana quelque temps.
Puis dirigea soudain ses rapides élans
Vers l'endroit où le saint errait à l'aventure.

Quand la tempête vint, il tendit savamment
Au-dessus de Médard plus largement son aile.
Ni gouttelette d'eau ni petit grain de grêle
Ne tombait sur le saint, qui marchait doucement.

Ainsi jusqu'à Noyons, pendant cette tempête,
L'aigle planait toujours, pour abriter Médard,
Quand l'évêque arriva, déjà c'était bien tard :
Mais on vit cependant cet aigle sur sa tête.

Le saint pontife alors, se redressant un peu,
Bénit l'aigle, qui prit son vol à l'instant même.
On applaudit de Dieu la tendresse suprême...
Oui, vraiment tous les saints sont gâtés du bon Dieu.

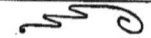

# L'Oie de saint Rigobert

**(An. 650)**

Un jour, près de Reims, une pauvre veuve,
Le cœur affligé par plus d'une épreuve,
Vint se présenter à saint Rigobert.
« Un peu de pitié, grand saint, disait-elle,
Éloignez de moi la douleur cruelle !
Oh ! si vous saviez combien j'ai souffert ! »

Le saint répondit : « Que le ciel vous aide,
Et pour tous vos maux vous donne remède ;
Vers vous sûrement Dieu guida mes pas... »
La femme est guérie et, pleine de joie,
Elle donne au saint tout son bien : une oie,
Disant : « Faire plus, je ne le puis pas. »

Rigobert accepte et de la pauvresse
Il remplit le cœur de vive allégresse ;
Puis il remet l'oie à son serviteur.
Alors ce dernier lui ferme son aile,
Et pendant longtemps ne prend soin que d'elle,
Lui parle d'un ton vraiment très flatteur.

« Oh ! comme elle est belle et comme elle est blanche !
Son long cou balance et sur moi se penche »,

Disait Servulus, le bon familier.
Mais bientôt, distrait par l'oiseau qui passe,
Le parfum des fleurs embaumant l'espace,
Il finit alors par tout oublier.

Voici que soudain... Brrt ! le volatile,
Qu'il gardait au bras, prend son vol agile.
Servulus regarde... attrapé... confus.
Aux pieds de l'évêque, à genoux, il tombe,
Et sous la douleur son âme succombe.
Rigobert lui dit : « Ne sanglote plus.

Elle va venir... » A cette parole,
La belle oie, aux cieux, vole, vole, vole,
Et vient droit vers eux, sans avoir bronché.
Soumise, elle suit ; elle voit sans doute
Qu'il faut maintenant ainsi faire route,
Devant le bon saint, jusqu'à l'évêché.

Alors Rigobert fit cette prière :
« De la veuve, ô Dieu, bénis la chaumière ;
Sur son brave cœur répands tes bienfaits ;
Mais, toi, Servulus, écoute l'adage
Dont l'utilité convient à tout âge :
Toujours attentif, fais ce que tu fais. »

# La résurrection d'un Oiseau par saint Fraimbault

## (VIᵉ siècle)

Saint Fraimbault, retiré loin des bruits de la terre
    Et de ses vains attraits,
Possédait le bonheur, malgré sa vie austère,
    Au milieu des forêts.

Car l'Esprit-Saint l'a dit : Au cœur, c'est le silence,
    Qui fait naître la paix.
Le cœur, comme une flèche, au firmament s'élance,
    Et n'en descend jamais.

Fraimbault était heureux... Son âme était bien pure,
    Brillante de clarté.
Aussi Dieu lui donna sur toute créature,
    Suprême autorité.

Tous les oiseaux l'aimaient et voltigeaient sans cesse
    Sur les doigts du vieillard,
Pour avoir un baiser, un mot, une caresse,
    Un bienveillant regard.

Mais un jour, les oiseaux, à l'amitié fidèles,
Viennent du fond des bois,
Tristes, lassés, brisés... Bien lourdes sont leurs ailes...
Leur gosier est sans voix...

Étonné, saint Fraimbault, au seuil de sa demeure,
Assis sur des roseaux,
Près de lui les appelle, il les regarde, il pleure...
« Pourquoi, petits oiseaux,

Pourquoi cette tristesse et ces vives alarmes ?
Allons, racontez-moi ;
Je vous consolerai, cessez, cessez vos larmes,
Et soyez sans émoi. »

Et les nombreux oiseaux, volant de branche en branche,
Alors moins éplorés,
Conduisent le vieillard à longue barbe blanche,
Au milieu des fourrés.

Ils s'arrêtent enfin.... Sur la pelouse verte,
Ecrasé sur le sol,
Renversé sur le dos, col tordu, bouche ouverte,
Gisait un rossignol.

Le bon saint se baissa sur la froide dépouille,
Et la prit dans ses doigts ;
Puis ayant fait tomber le sable qui la souille,
Il y traça la croix.

« Va, dit-il à l'oiseau, va chanter la verdure,
Les ruisseaux, le ciel bleu ;
Moi, je te rends la vie, ô frêle créature,
Au nom de notre Dieu. »

Et l'oiseau ressuscite... Alors, sous la feuillée,
        Le concert le plus beau
Jaillit de tous les cœurs : la troupe émerveillée
        Entoure saint Fraimbault.

Les oiseaux, palpitant d'allégresses nouvelles,
        Voletant sur ses bras,
Chantent à plein gosier, applaudissent des ailes,
        Accompagnent ses pas.

Fraimbault les bénissait... Sa fervente prière
        Au ciel montait pour eux ;
Avec ses chers oiseaux, là-bas, dans la bruyère.
        Le saint était heureux.

# La Biche de saint Gilles

(VI<sup>e</sup> siècle)

Au milieu de la forêt d'Arle,
Le roi Clotaire est entouré...
Sa cour est là... Clotaire parle,
Et montre un point dans le fourré.
« En chasse ! messeigneurs, en chasse !
Les limiers ont fait débucher
Notre gibier... ils ont la trace ;
Avec ardeur il faut marcher. »
Les courtisans, droits sur leur selle,
Suivent Clotaire triomphant,
Jettent à leur meute fidèle
Les sons de trompe ou d'olifant.
Et des chasseurs toute la foule
Traverse comme un coup de vent ;
Dans le val, là-bas, le bruit roule ;
Le roi Clotaire est le devant.
De leurs mains nerveuses et fortes,
Guidant le pas de leurs coursiers,
Ils font craquer les branches mortes,
Sous leur galop, dans les halliers.
L'écho redouble des molosses
Les aboîments, le cri vainqueur ;

A l'aspect de ces chiens féroces,
Le manant se sent froid au cœur.
« En chasse ! messeigneurs, en chasse !
Clame le roi, mouillons nos fronts !
Voyez, la bête est déjà lasse,
Courage ! bientôt nous l'aurons ! »
Mais tout à coup, c'est le silence,
Partout dans l'immense forêt.
« Par Dieu ! dit avec violence
Clotaire, pourquoi cet arrêt ? »
La meute est là, le regard terne,
Immobile et le front baissé,
Sans voix devant une caverne.
Ici que s'est-il donc passé ?
Un vieillard soudain se présente,
Sortant de la grotte — un vieillard
Dont la démarche est imposante. —
« Rends-nous, dit le roi, sans retard,
Rends-nous, vieillard, notre capture !
— Non, car cette biche est à moi !
— Je vais te cingler la figure,
Dit Clotaire. Je suis le roi ! »
La pauvre biche ruisselante,
Les flancs battus d'un tel effort,
Près du vieillard, était tremblante,
Et n'attendait plus que la mort.
Le vieillard dit : « Sois bien tranquille,
Le Seigneur entendra mon vœu,
Tu resteras dans cet asile ;
Le roi n'est pas plus fort que Dieu.
Roi, dit alors le solitaire,
Ce n'est pas moi, mais le Seigneur,
Qui te commande à toi, Clotaire,

De mettre un frein à ta fureur.
Je suis de royale origine;
J'ai quitté le toit paternel;
La gloire est une dure épine.
Moi, je veux plus, je veux le ciel.
Depuis trois ans, dans la retraite,
Je vis obscur, silencieux,
Je veux que mon âme soit pure,
Quand la mort fermera mes yeux.
Seule la biche poursuivie,
Jusqu'à présent me consolait.
Seule, elle a soutenu ma vie,
En me nourrissant de son lait.
O roi puissant, faites-lui grâce,
Et Dieu vous récompensera;
Près de moi laissez-lui sa place,
Et l'ermite vous bénira. »
Clotaire, ému de ce langage,
Voulut descendre de cheval.
« Tu bâtiras un ermitage,
Dit-il, je te donne ce val.
Lève sur moi ta main puissante,
O saint ermite, et bénis-moi. »
La main du saint obéissante
Alors se leva sur le roi.
Le roi partit... Ce que Clotaire
Avait promis fut observé.
Saint Gilles, dans son monastère,
Eut bonheur qu'il avait rêvé.
La biche donna sa mamelle
Au bon vieillard longtemps encor:
A ses côtés toujours fidèle,
Elle pleura quand il fut mort.

# Le Diable dans la bouteille
## de saint Loup

(An. 623)

N'ayons peur de Satan : il est moins fort que nous.
Fréquemment devant lui nous tombons à genoux,
Quand nous pourrions, debout sur la grâce céleste,
Le terrasser d'un mot, d'un regard ou d'un geste.
Satan fait le terrible, et ce n'est bien souvent
Qu'un nain. Vous l'allez voir par le récit suivant :
Saint Loup, si pénitent, à ce que dit l'histoire,
Fut, par l'esprit méchant, un jour tenté de boire.
Jamais on ne vit soif semblable à celle-là :
Le pauvre saint résiste... il combat... et voilà
Qu'il entend près de lui l'onde d'une fontaine
Couler à flot limpide, au large pied d'un chêne...
Le saint comprend alors que c'est un triste jour,
Et que le diable veut lui jouer quelque tour.
Mais il se dit tout bas : Nous allons voir, messire,
Aujourd'hui qui de nous peut s'apprêter à rire.
Quelques-uns de ses clercs étaient là par hasard.
Le Saint en appelle un, l'entretient à l'écart :
« A la fontaine, va remplir cette bouteille.
Venez, dit-il à tous, venez voir la merveille. »
Le clerc y court, y vole, enchanté de son sort,
Il revient... La bouteille en avait jusqu'au bord.

Saint Loup savait très bien ce qu'il allait en faire.
« Viens, esprit tentateur, dit-il, d'une voix claire,
Montre-toi, je le veux, au nom de Jésus-Christ ! »
On vit de la fumée, on entendit des cris.
On aperçut alors pas plus haut que les bornes
Qui limitent nos champs, un diable, armé de cornes,
Comme un singe, velu, grimaçant et tout noir.
Les clercs fermaient les yeux, afin de ne rien voir.
« Mauvais lutin, dit Loup, de toi rien ne m'étonne ;
Ta malice est très grande... Eh bien ! je te l'ordonne,
Tu vois cette bouteille, entre à l'instant dedans. »
Le diable se soumet, mais, en grinçant des dents,
Il plonge dans le vase, et le bon saint le bouche.
« Mes clercs, voyez, dit-il, voyez son air farouche. »
Le saint pieusement fait un signe de croix,
Sur la prison du diable ; il en fait deux, puis trois.
Dans ce moment surtout, lorsque l'eau fut bénite,
On vit se contracter cette face maudite.
Le lutin se tordait, grimaçant et jurant,
Beuglant, jappant, hurlant, rugissant et sacrant.
Au secours ! Au secours !... Enfin, de guerre lasse,
Souffrant trop, il commence à demander sa grâce.
De là vient ce bon mot que je cite en entier :
« Se tordre comme un diable au fond d'un bénitier. »
Saint Loup prend la parole, au maudit il s'adresse :
« Assurément, dit-il, je plains ta maladresse ;
Pars, je te le permets, mais, du fond de l'enfer,
Tu ne sortiras plus. » Se tordant comme un ver,
Le damné le promet et sort de la bouteille,
Sans se faire prier ni tirer par l'oreille,
Et là-bas dans l'enfer plonge à toute vapeur.
. . . . . . . . . . . . . . . . . . . . . . .

Saint Loup avec ses clercs riaient de tout leur cœur.

# L'Étoile de sainte Solange

(An. 880)

———— ⁂ ————

Solange a cheveux blonds, beau regard, gente mine,
    Sourires de printemps,
Grâce et naïveté, port noble et taille fine ;
    Elle est dans ses quinze ans.

Dès le berceau, le ciel à l'enfant se dévoile
    Dans sa belle splendeur.
Et Jésus fait briller tout près d'elle une étoile,
    Pour diriger son cœur.

De l'astre lumineux la candide Solange
    Regarde le rayon
Et ses pieds, aussi blancs que le sont ceux d'un ange,
    En suivent le sillon.

Quand elle voit l'étoile, ici-bas, son oracle,
    Au temple scintiller,
Solange, à deux genoux, au pied du tabernacle,
    Solange va prier.

Un jour, la blanche étoile, au milieu d'un parterre,
    De tout bruit isolé,
Lui montre un lis, levant au-dessus de la terre
    Son front immaculé.

6

Et Solange aussitôt, à la lueur d'un cierge,
      Prononce ce doux vœu :
De mon Seigneur Jésus je serai donc la vierge,
      Puisque Jésus le veut.

L'étoile brille encore et son rayon s'élève,
      Signe du Tout-Puissant,
Indiquant à Solange, une colonne, un glaive,
      Quelques gouttes de sang.

Et Solange obéit, avec son doux sourire,
      Heureuse de son sort :
« Oui, pour vous, ô Jésus, oui, je veux le martyre,
      Et j'accepte la mort. »

Et la pure Solange alors, baissant son voile,
      Reçut le coup mortel...
Et le beau rayon d'or de sa fidèle étoile
      L'emporta dans le ciel.

# La Messe de saint Bont

**(An. 623-710)**

La lune brillait, au-dessus du mont,
Et tout reposait là-bas à Clermont :
Oiseaux sous les bois, gens dans leur demeure.
Du beffroi, soudain, doucement une heure
Sonne après minuit... Saint Bont veille seul,
Revêtu d'un sac comme d'un linceul.
Il s'en va prier dans sa cathédrale,
Et saintement faire oraison mentale.
Il descend, pieds nus, le large escalier,
Se cache dans l'ombre, auprès d'un pilier.
Or, un jour, c'était fête triomphale
De l'Assomption, fête patronale.
Saint Bont est assis, aux grilles du chœur,
Prière à la lèvre, amour dans le cœur...
Tout à coup, du ciel, de vives lumières,
Aux reflets teintés de mille manières,
Inondent le temple et, de tout côté,
Arrivent des saints brillants de clarté,
Au front la couronne, aux doigts un blanc cierge,
Et groupés joyeux autour de la Vierge.
Des anges mignons préparent l'autel,

Le calice d'or, le pain, le missel,
Les cierges, les fleurs et les nappes blanches,
Comme aux jours sacrés des plus grands dimanches.
La Vierge se rend ensuite à l'ambon,
A dire la messe invite saint Bont.
Puis, de là, revient aux degrés du chœur,
Prend, parmi les saints, la place d'honneur.
L'évèque est paré... la messe commence...
Des anges servaient. Nul n'a souvenance
D'avoir vu jamais aux petits garçons,
Servant à l'autel, si belles façons.
Les saints, au lutrin, d'une voix céleste,
Chantent l'introït et puis tout le reste,
Le beau *Kyrie*, le doux *Gloria*,
La prose pieuse et l'Alleluia.
De ce chant divin la suave phrase
Inonde saint Bont des flots de l'extase...
« Mon fils, dit la Vierge au saint à l'autel,
Viens voir maintenant ton Dieu dans le ciel,
Car, dès aujourd'hui, ce Dieu récompense
Ton zèle et ta foi, ta grande espérance.
Viens !... » Alors, saint Bont souriant, mourut...
Le calme se fit... et tout disparut...

. . . . . . . . . . . . .
. . . . . . . . . . . . .

Ce serait pour moi joyeuse kermesse
D'entendre les chants d'une telle messe.
Une seule fois j'en voudrais jouir,
Au lieu que je suis obligé d'ouïr,
Presque tous les jours, des gosiers de cuivre
Qui se font honneur d'*aboyer au livre*.

# Le Cheval de saint Odon de Cluny

**(An. 943)**

J'ai toujours admiré saint Odon de Cluny,
Cet homme aimé du ciel, par la terre béni.
Sa bouche avait souvent ce mot, cette maxime :
Le silence du cloître engendre le sublime,
Il sème le miracle et triomphe des cieux.
Mes frères, disait-il, soyez silencieux.
Or, un jour, un bon moine, aussi naïf qu'austère,
Gardait un beau cheval, non loin du monastère.
Les oiseaux gazouillaient, le moine au ciel pensait.
C'était partout le calme, et le cheval paissait.
Un voleur vint par là (c'était par aventure,
Ainsi dit tout voleur), il lorgne la monture
Qui lui plut... Son cerveau n'était point estropié,
Il est mieux de marcher sur un cheval qu'à pied,
Pensa-t-il... Il s'approche et vient dans la prairie ;
Le cheval, occupé dans l'herbette fleurie,
Ne fit attention. Le moine avait bon œil ;
De sa bouche pourtant nul mot franchit le seuil,
Le moine y pensait bien : c'était le grand silence.
Notre voleur enfin, mettant bas la prudence,
Se glisse prestement jusqu'au fin fond du val,

Et, d'un bond de voltige, enfourche le cheval.
Et les voilà partis tous deux, à vive allure.
Le moine ne dit mot, mais ce fut chose dure.
Il revint au couvent, mécontent, absorbé,
Et raconta, le soir, le tout au saint Abbé.
« Frère, lui dit Odon, j'aime votre silence ;
Le ciel donnera grâce à votre obéissance.
Pour aller au Seigneur, gardez ce beau chemin,
Mais à notre cheval nous penserons demain. »
Le lendemain, l'Abbé, suivi du pauvre frère,
Marchaient silencieux, les yeux fixés à terre ;
Ils dirigeaient leurs pas au coin de ce grand pré,
Où s'était fait le vol. Tout à coup attiré,
Le frère Bénévole, au détour de la route,
Aperçoit clairement, mais cependant il doute,
Cheval et cavalier ; il les montre au prieur.
L'aimable saint Odon, riant à grand plein cœur :
« Frère, dit-il, voyez, c'est le coup du silence ;
Admirez sa beauté, bénissez sa puissance. »
Ils arrivent auprès du voleur attrapé,
A chose autre que rire alors très occupé.
Ses yeux étaient fixés à quinze pas à terre,
Il avait eu le temps de sonder le mystère ;
Car il se trouvait là, depuis la veille au soir,
Confus, claquant des dents et très risible à voir.
« D'où viens-tu ? dit l'Abbé ? Quelle est cette monture ?
Réponds-moi, je le veux, tu fais grise figure.
— Pardon, Père, pardon, je veux me convertir :
J'ai trop souffert, la nuit, pour ne pas me guérir.
— Eh bien ! je te bénis, dit Odon. — Mais qu'il donne
D'abord notre cheval, alors je lui pardonne,
Dit frère Bénévole.

                    — Oh ! reprend le voleur,

Laissez-moi repartir, et j'y mettrai bon cœur. —
Non, répondit Odon, qui doucement regarde
Le voleur converti, puisque tu fis la garde
Du cheval, cette nuit, tiens ! te voilà cinq sols.
— Merci, dit le voleur, je ne ferai de vols
Désormais de ma vie, et, comme pénitence,
Pour six mois je me voue au jeûne, à l'abstinence. »
Puis, en disant ces mots, il s'enfuit dans le val,
Et frère Bénévole emmena son cheval.

# Les Hirondelles de saint Aldobrand

**(An. 1220)**

C'était un jour de grande fête ;
Saint Aldobrand allait prêcher.
A l'écouter la foule est prête.
Elle est nombreuse et vient chercher
Le pain du cœur, le pain de l'âme...
Le saint paraît, front inspiré,
Visage austère, œil plein de flamme.
Silence !... Il parle !... Instant sacré.

Soudain, voici des hirondelles
Qui font entendre un bruit confus,
Gazouillements, lissage d'ailes ;
L'évêque parle... On n'entend plus.
Un cri joyeux, un petit rire,
S'épanouissent sur les becs ;
C'est beau ce qu'elles ont à dire,
Mais c'est manquer de tous respects.

Le peuple entier alors murmure...
L'évêque étend sa blanche main,
« Chrétiens, dit-il, je vous adjure,
Gardez la paix au temple saint. »

Puis, regardant les hirondelles :
« Rendez hommage au Roi des rois ;
Je vous l'ordonne... et vos nouvelles,
Vous les direz une autre fois. »

Alors un grand et beau silence
Règne partout dans le saint lieu.
Voilà quelle était la puissance
De cet évêque, homme de Dieu.
Des corniches de la tribune,
Des hautes tours du vieux clocher,
Elles vinrent, une par une,
Devant la chaire, se percher.

Sur les arceaux en pierres grises,
Qui n'existent plus aujourd'hui,
Sur les lambris et sur les frises,
Leur petit pied trouve un appui.
Et front baissé, pose immobile,
Bec entr'ouvert pieusement,
Elles écoutent l'Évangile
Et son divin enseignement.

Ayant fini son homélie,
Le saint parle au peuple à genoux :
« Écoutez, je vous en supplie,
Cette leçon s'adresse à vous.
Vous, maintenant, mes hirondelles,
Allez, retournez à vos nids,
Chantez encor, battez des ailes,
Petits oiseaux, soyez bénis ! »

# Le Lièvre de la bienheureuse Oringa

### (An. 1310)

Un auteur du quinzième, en sa naïve prose,
    De cette vierge parle ainsi :
« Elle avait même teint et que lys et que rose,
    Desquelles fleurs parfums aussi. »

Par plus d'un grand seigneur sa main fut recherchée,
    Mais d'Oringa c'était le vœu
D'avoir l'Époux céleste et de vivre cachée,
    Au pied des autels de son Dieu.

Abandonnant, un jour, la maison paternelle,
    Monde, plaisirs, nombreux attraits,
Faisant saigner son pied qui heurte et qui chancelle,
    Aux âpres sentiers des forêts,

Elle s'égare enfin, au milieu des bois sombres,
    Mais elle espère en Dieu toujours.
« De la nuit, disait-elle, ô Dieu, voici les ombres ;
    O Dieu, venez à mon secours ! »

Un petit lièvre alors, aux mouvements alertes,
    Bondit soudain, plein de gaîté,
A travers les taillis, les hautes herbes vertes,
    Et vint se mettre à son côté.

Il allait et venait, s'asseyait bien tranquille,
    Et d'Oringa fixait les yeux.
Mais voici qu'aux taillis, à la feuille mobile,
    Se fit un bruit mystérieux.

« Mon Dieu ! mon Dieu ! pitié, dit, en prenant la fuite,
    La jeune fille avec émoi,
C'est lui, ce fiancé, qui vient à ma poursuite,
    O petit lièvre, guide-moi ! »

Alors, par des sentiers qui de lui seul au monde
    Parfaitement étaient connus,
Il menait Oringa, la belle vierge blonde,
    Qui près de lui marchait pieds nus.

Ils allèrent longtemps.... Près des murs d'une ville,
    Le petit lièvre arrête enfin,
Et la douce Oringa comprend que cet asile
    De ses tourments verra la fin.

Notre bon petit lièvre eut plus d'une caresse ;
    Mais pourtant il pleurait un peu,
Car son cœur était gros de l'amère tristesse
    De quitter la vierge de Dieu.

Dans un couvent, à Lucque, à la lueur des cierges,
    La jeune fille se voila ;
Elle vécut longtemps parmi les autres vierges.
    Un jour, au ciel Dieu l'appela.

# La Truite
## de saint François de Paule

(An. 1416-1507)

Dans un torrent, descendu des collines,
Précipitant ses ondes cristallines
De roc en roc, par bonds prodigieux,
On prit un jour, au milieu de ses jeux,
Une truite, aux racines d'un saule.
On en fit don à saint François de Paule.
Il la reçut, et le saint l'appela
D'un nom bien doux, du nom d'Antonella.
Dans un vivier que traversait rapide
Une fontaine, à l'eau claire et limpide,
Antonella trouve charmant séjour,
Vers son torrent méprise le retour,
Car désormais tout bonheur est pour elle :
Elle a rochers, verdure et cascatelle,
Retraite obscure ou rayons de soleil.
Elle ne vit jamais rien de pareil.
Par-dessus tout elle avait les tendresses
De notre saint, ses plus douces caresses.

Quand en priant, il arrivait par là,
Toujours un mot pour son Antonella.
Assurément, elle était bien heureuse,
Elle jouait dans cette nappe ombreuse,
Allait, venait, se glissait mollement,
Ou s'endormait sous un lotus charmant,
Avec des airs d'indolente sultane,
Sur son sopha, paré de filigrane.
Parfois aussi, comme une flèche d'or,
Elle passait de l'un à l'autre bord.
Un jour, un prêtre... (ô puissance du crime,
Tu fais tomber les astres dans l'abîme !)
Un jour, un prêtre eut l'ignoble désir,
Pour la manger, de vouloir la saisir...
François pleura... Mais du bon saint, en larmes,
Dieu fit cesser les cruelles alarmes,
En dévoilant le nom du ravisseur.
« D'Antonella je suis le possesseur,
Cria François, je veux qu'on me la rende ! »
Du pauvre prêtre, oh ! la douleur est grande,
Que va-t-il faire ? Il comprend désormais
Que bien volé ne profite jamais.
« Tous mes remords, dit-il, je les mérite !
Mais comment faire ? Elle est frite ! Elle est frite ! »
Il vient enfin, portant Antonella,
Mais par morceaux, et dans le fond d'un plat.
A deux genoux, il implore sa grâce.
« Pardon ! pardon ! Mais elle était si grasse ! »
François pardonne et, prenant les morceaux,
Il les bénit, les jette dans les eaux.
Antonella trouve aussitôt la vie,
Plonge et frétille et se montre ravie.
Le souvenir de ces nombreux bienfaits

Grandit encor son amour et sa paix;
Mais quand le saint, au doux pays de France,
Fut appelé, pour calmer la souffrance
Du roi Louis, bien vite il accourut,
Et de tristesse Antonella mourut.

# La Hutte en neige
# de saint Pierre d'Alcantara

### (An. 1499-1562)

Je veux transcrire un fait qu'un auteur me narra ;
Le héros, c'est un saint : Pierre d'Alcantara.
Après avoir passé les vallons, les montagnes,
Le saint était allé, jusqu'au fond des campagnes,
Prodiguer ses secours aux pauvres, aux fiévreux,
Qu'il soignait à genoux. Comme il était heureux
De leur parler du ciel, de verser l'espérance
Dans ces cœurs attristés, vaincus par la souffrance !
Un jour, c'était l'hiver, il faisait froid, très froid,
Le saint suivait d'un mont le sentier fort étroit ;
Le vent soufflait du nord, la nuit était venue ;
La neige à gros flocons descendait de la nue,
Et, de son lourd manteau, couvrait tous les chemins.
Le saint, hors du sentier, s'enfonce sous les pins,
Brisé par la fatigue, errant à l'aventure.
« Anges du ciel, dit-il, la nuit me sera dure,
Venez à mon secours ! » Aussitôt, du ciel bleu
En foule on voit venir les Anges du bon Dieu.
— Pierre, ne craignez point, notre Dieu vous protège ;

Nous allons vous bâtir une hutte de neige. »
Les ouvriers du ciel, sans perdre un seul moment,
Se mettent à l'ouvrage avec empressement.
Ils écartent du sol la neige amoncelée ;
Dans un pan de leur robe, au fond de la vallée,
Les uns volent chercher de durs, d'immenses blocs
De la glace du lac, l'alignent sur les rocs ;
D'autres bouchent les joints avec la neige blanche,
Et veillent avec soin que la hutte ne penche.
Le tout est merveilleux : le plan et la façon.
Je n'eusse cru qu'au ciel on fût si bon maçon.
Enfin, dans peu de temps, la hutte est terminée,
Et possède une couche en mousse, en graminée ;
La porte en bois de pin, avec quelque décor,
Empêche toute entrée à l'âpre vent du nord.
Tout est fait, et chaque ange a secoué ses ailes,
Pour se débarrasser de toutes les parcelles
De neige ou de frimas ; alors, formant un chœur,
Ils vont chercher le saint, transporté de bonheur,
Sur la neige à genoux, plongé dans la prière.
« Voici pour cette nuit, disent-ils à saint Pierre,
Dieu vous donne un abri, vous partirez demain. »
Et les Anges au ciel disparaissent soudain.
Le cœur de notre saint éclatait en louanges,

Dame ! on n'a pas toujours un lit fait par les Anges !

# Les Fleurs
## de sainte Germaine de Pibrac

**(An. 1579-1601)**

---

Quenouille en main, Germaine allait
Vers les grands champs, l'immense plaine ;
Les yeux au ciel, elle filait
Le jaune lin, la blanche laine.
Au moindre signe de sa main,
Au son de sa voix virginale,
Tous ses agneaux, sur le chemin,
S'avançaient d'une allure égale.

Avant de partir vers les champs,
Quand l'aube a rejeté ses voiles,
Quand l'alouette, avec ses chants,
Va piquer le front des étoiles,
Germaine, dans son tablier,
A mis du pain pour la pauvresse,
Qui là-bas, le long du hallier,
L'attend, dans sa noire détresse.

Un matin, la marâtre a vu
Le vol innocent de Germaine.
Son bras bien vite s'est pourvu

7

D'un énorme bâton de chêne.
La rage au cœur, l'œil flamboyant,
Elle s'avance, la mégère,
Mais il demeure souriant,
Le front de la douce bergère.

« Qu'emportes-tu ? qu'as-tu volé ?
Hurle cette femme en furie ;
Enfin, ton crime est dévoilé ;
On connaîtra ta fourberie. »
Alors la pure enfant de Dieu
Demande secours à la Vierge,
Puis promptement défait le nœud
Qui tient le tablier de serge.

Miracle ! on voit tomber des fleurs,
Des fleurs du céleste parterre.
Jamais de si fraîches couleurs
N'avaient orné fleurs de la terre.
C'étaient des roses et des lis,
Fleurettes à corolle bleue,
Cela sentait le paradis,
Je vous dis, de plus d'une lieue.

Miracle ! alors c'était l'hiver ;
Toute nue était la prairie ;
Au buisson nul feuillage vert ;
Au gazon point d'herbe fleurie.
Mais le printemps est éternel,
Là-haut, et Dieu n'a qu'à le dire,
Pour qu'aussitôt viennent du ciel
Les fleurs avec leur frais sourire.

La marâtre est à deux genoux ;
Elle est honteuse de sa haine ;

La foule est triomphante, et tous
Acclament la pure Germaine.
Elle tout bas louant Jésus,
Dans une sublime prière,
S'en va garder, humble, pieds nus,
Ses blancs agneaux sur la bruyère.

# Le Lis de Quito

### (An. 1618)

Sur un lit de douleurs, à l'âge de seize ans,
Expirait souriante une enfant pure et belle ;
Elle quittait la vie à l'aube du printemps...
Mais la terre après tout, n'est-ce pas bagatelle ?...
Quand on a travaillé, d'un bras fidèle et fort,
Pour conquérir le ciel, bien facile est l'échange
Du tout avec le rien... On aspire à la mort...
Il est si beau d'avoir les deux ailes d'un ange !!
Tout cela se lisait au front transfiguré
De cette jeune enfant qu'on appelait la Sainte.
La ville était en deuil... On avait espéré
Le doigt puissant de Dieu, mais ce Dieu, dans l'enceinte
De son bleu firmament, la voulait voir briller.
La vierge mourut donc... Près de son humble couche
On se met à genoux, on vient la supplier,
Et la foule sanglote et saintement la touche...
Alors, aux yeux de tous, la tendresse de Dieu
Révèle la beauté de cette âme si pure...
Un lis, un lis étrange, aux pétales de feu,
Vient de croître soudain... Ce n'est pas la nature,
Ce lis descend du ciel... On se presse pour voir

Ce prodige éclatant, cette douce merveille.
Pourquoi tout seul ce lis, précisément ce soir,
Étale-t-il joyeux sa corolle vermeille ?...
Au milieu du silence et de l'étonnement,
Une gente fillette alors prit la parole ;
On regarde, on écoute avec ravissement.
« Si ce lis a, dit-elle, une étrange corolle,
Je crois savoir pourquoi... La main du Tout-Puissant
Fit croître cette fleur, l'orna de cette teinte
Là même où j'ai versé quelques gouttes du sang
Que l'on avait tiré des veines de la sainte... »
On creuse alors la terre au pied de ce beau lis,
Qui répandait à flots, dans la pure atmosphère,
Des parfums qui bien sûr venaient du Paradis,
Car il n'en fut jamais de si doux sur la terre.
D'Anne-Marie on vit le sang vermeil et pur
Et le lis y plongeait ses vivaces racines.
Voilà pourquoi ce lis élevait dans l'azur
Sa vermeille corolle aux effluves divines.
On coupa cette fleur, et dans la blanche main
De la candide morte ensuite on la dépose.
Alors aux yeux de tous, les doigts s'ouvrent soudain,
La Sainte dit merci de sa lèvre encor rose.
Ces faits prodigieux se répandent bientôt ;
On se presse pour voir cette sainte fleurie...
On lui donna ce nom : « Le beau lis de Quito ».

. . . . . . . . . . . . . . . . .

Verse-nous tes parfums, ô sainte Anne-Marie !

# Le Coq de sainte Rose de Lima

**(An. 1586)**

Qu'il était beau le coq, le coq de sainte Rose !!
Crête plus rouge encor qu'un bouquet de pavots,
Deux éperons d'acier, majestueuse pose,
Plumes d'or et d'argent ruisselant sur son dos,
Queue aux brillants reflets, ondoyant en panache,
Comme un sergent-major il mesurait son pas,
Sur terre il n'en était de plus beau, que je sache ;
Il n'avait qu'un défaut, c'est qu'il ne chantait pas.

Mais pas du tout. « Il faut, dit la maman de Rose,
Un beau jour de Noël, il faut tuer ce coq. »
Prier en sa faveur, hélas ! la sainte n'ose,
Mais elle est attristée et son cœur fait tic-toc,
Vite à la basse-cour elle guide sa marche,
Elle aperçoit son coq... Jamais comme aujourd'hui
Il n'eut tant de beauté. C'était un patriarche,
Et Rose se prosterne à genoux devant lui.

« Oh ! chante, mon beau coq ! oh ! chante, lui dit-elle ;
Moi, je veux te sauver. Chante ton Créateur ;
On a juré ta mort, une mort bien cruelle,
Et tu seras mangé... Chante de tout ton cœur. »

Le beau coq se percha sur une branche morte
Et lança vers le ciel de tels coquericos
Que dans tout le Pérou, cette voix aussi forte
Fit retentir les monts, réveiller leurs échos.

Et la maman de Rose arriva tout émue :
« Quel est ce bruit? dit-elle. — O mère, il est sauvé !
Reprit la douce enfant, c'est lui qui vers la nue
A jeté tout à l'heure un chant si relevé.
O ma mère, veuillez écouter ma supplique. »
La maman pardonna. Rose riait, le soir;
Le coq chantait si bien que toute l'Amérique
Accourait à Lima, pour l'entendre et le voir.

# Le Bienheureux Pierre Claver
## et les œufs cassés

(An. 1554)

A Barcelone, au siècle dix-septième,
Et dans l'année à peu près la douzième,
Allait un jour, marchant à pas pressés,
Une négresse, aux noirs cheveux tressés.
Elle était jeune, alerte, sémillante,
Fendait la foule, affairée et bruyante,
Et maintenant, de ses bras vigoureux,
Sur son épaule, un large panier d'œufs.
Fardeau bien lourd, mais, au bout du voyage,
C'était l'argent... Cela donne courage.
Son cœur était par le lucre alléché,
Car ce jour-là, c'était jour de marché.
Elle allait donc... Bientôt en face d'elle,
Un gentilhomme, à marche solennelle,
Plume au chapeau, lame fine au côté,
Un hidalgo, tout bouffi de fierté,
Un chevalier de si célèbre race,
Qu'on ne pouvait en retrouver la trace.
On eût surpris à coup sûr ce pédant,

En lui disant qu'il était fils d'Adam.
De son mépris il écrase la foule,
Qui devant lui rapidement s'écoule.
Il veut passer... Ne l'apercevant pas,
La jeune enfant ne change point son pas.
Mais l'Espagnol, croyant voir une offense,
S'emporte, jure et dit avec jactance
Ces mots grossiers, en relevant le front :
« Je dois punir et venger cet affront. »
Alors il frappe et sa noire colère
Prend le panier, jette les œufs à terre.
Dans un clin d'œil, les passants amassés
Forment un cercle autour des œufs cassés.
Elle pleurait fortement, la pauvrette ;
D'autres riaient de voir cette omelette.
« Mon Dieu ! mon Dieu ! c'était là tout mon bien !
Disait l'enfant, ma mère n'a plus rien ! »
Soudain un homme, à longue barbe blanche,
Fendit les rangs, il regarde et se penche ;
Un beau rayon, venant tout droit des cieux,
L'illuminait et passait dans ses yeux.
Tant de bonté traversait son visage,
Qu'on devinait le ciel sous le nuage.
Le peuple entier s'étonne à son aspect,
Et se découvre, en signe de respect.
On le regarde, on sent dans l'atmosphère
De doux parfums qui ne sont de la terre.
Pierre Claver (c'était lui) dit ces mots :
« Ma pauvre fille, apaisez vos sanglots,
Priez de Dieu la douce Providence ;
C'est elle, enfant, qui nous donne assistance.
Pour les oiseaux elle ouvre son grenier.
Voyez ces œufs... Ouvrez votre panier,

Ramassez-les... » En parlant de la sorte,
Notre bon Saint, du long bâton qu'il porte,
Touche les œufs, et, d'un mot expressif,
Rend à chacun son état primitif.
La jeune fille alors se jette à terre
A deux genoux, pour remercier le Père.
Le peuple ému fait jaillir de son sein
Ces cris joyeux : « C'est un saint ! C'est un saint ! »
De tous côtés, on accourt au prodige,
Mais du bon saint il n'est plus de vestige.
Dans un instant, tout un monde accouru
Demande Pierre, et Pierre a disparu.
La jeune fille alors dit son histoire,
C'était si beau ! Qui donc n'eût pu la croire ?
Et cela fit qu'elle vendit chaque œuf
Presque aussi cher que l'on vend un gros bœuf.
En retournant au logis de sa mère,
Notre négresse était vive et légère.
Elle et sa mère, heureuses désormais,
Chantaient le saint et ses nombreux bienfaits.

# TABLE

———※———

## I

### LÉGENDES CHRÉTIENNES

L'Enfant Jésus et les Anges . . . . . . . . . . . . . . . . 3
L'Enfant Jésus et la Crèche . . . . . . . . . . . . . . . . 6
L'Enfant Jésus et la Paille . . . . . . . . . . . . . . . . 9
L'Enfant Jésus et l'Ane. . . . . . . . . . . . . . . . . . 11
L'Enfant Jésus et la petite Bergère . . . . . . . . . . . 14
L'Enfant Jésus et les Joueurs de cornemuse . . . . . . . 17
La Chemisette de l'Enfant Jésus . . . . . . . . . . . . . 21
La Marguerite de l'Enfant Jésus . . . . . . . . . . . . . 24
L'Enfant Jésus et le méchant Enfant . . . . . . . . . . . 26
La bûche de Noël et l'Enfant Jésus . . . . . . . . . . . 29
L'Enfant Jésus et le petit Roitelet. . . . . . . . . . . . 32
L'Enfant Jésus et l'Étoile . . . . . . . . . . . . . . . . 34
L'Enfant Jésus et l'Hermine . . . . . . . . . . . . . . . 36
Le premier mot de l'Enfant Jésus . . . . . . . . . . . . 38
L'Enfant Jésus et la Mendiante. . . . . . . . . . . . . . 40
Les petits sabots de l'Enfant Jésus . . . . . . . . . . . 42
L'Enfant Jésus et le petit Chat . . . . . . . . . . . . . 45
Appel de l'Enfant Jésus aux Fleurs . . . . . . . . . . . 48
L'Enfant Jésus et saint Joseph . . . . . . . . . . . . . . 50
L'Enfant Jésus et les Oiseaux . . . . . . . . . . . . . . 52
L'Enfant Jésus et les Moissons . . . . . . . . . . . . . . 54

## II

### PARFUMS DE LA VIE DES SAINTS

Sainte Germaine de Bar-sur-Aube. . . . . . . . . . . . 59
Les Cerfs de saint Needs . . . . . . . . . . . . . . . . . 61
Le Cerisier de sainte Lucie . . . . . . . . . . . . . . . 63

La Pomme de saint Sabas . . . . . . . . . . . . . . 66
L'Aigle de saint Médard . . . . . . . . . . . . . . 69
L'Oie de saint Rigobert . . . . . . . . . . . . . . 71
La Résurrection d'un oiseau par saint Fraimbault. . . . . . 73
La Biche de saint Gilles . . . . . . . . . . . . . . 76
Le Diable dans la bouteille de saint Loup. . . . . . . . . 79
L'Étoile de sainte Solange . . . . . . . . . . . . . 81
La Messe de saint Bont . . . . . . . . . . . . . . 83
Le Cheval de saint Odon de Cluny . . . . . . . . . . 85
Les Hirondelles de saint Aldobrand . · . . . . . . . . . 88
Le Lièvre de la bienheureuse Oringa . . . . . . . . . . 90
La Truite de saint François de Paule . . . . . . . . . . 92
La Hutte en neige de saint Pierre d'Alcantara . . . . . . . 95
Les Fleurs de sainte Germaine de Pibrac . . . . . . . . . 97
Le Lis de Quito . . . . . . . . . . . . . . . . . 100
Le Coq de sainte Rose de Lima . . . . . . . . . . . . 102
Le bienheureux Pierre Claver et les œufs cassés . . . . . . 104

LIGUGÉ (Vienne)

IMPRIMERIE SAINT-MARTIN

M. BLUTÉ